古代文史名著选译丛书

主编 章培恒 安平秋 马樟根

李白诗选译

修订版

译注 詹 锳 陶新民 张瑞君
丁立群 詹福瑞

审阅 章培恒

凤凰出版传媒集团 凤凰出版社

图书在版编目（CIP）数据

李白诗选译 / 詹锳等译注. -- 南京 ： 凤凰出版社，
2011.5（2016.4重印）
　（古代文史名著选译丛书）
　ISBN 978-7-5506-0413-1

　Ⅰ．①李… Ⅱ．①詹… Ⅲ．①唐诗－选集 Ⅳ．
①I222.742

　中国版本图书馆CIP数据核字(2011)第046058号

书　　　名	李白诗选译
译 注 者	詹　锳　等
责 任 编 辑	李相东
出 版 发 行	凤凰出版传媒股份有限公司
	凤凰出版社(原江苏古籍出版社)
	发行部电话025-83223462
出版社地址	南京市中央路165号,邮编:210009
出版社网址	http://www.fhcbs.com
照　　　排	江苏凤凰制版有限公司
印　　　刷	江苏凤凰新华印务有限公司
	中国江苏南京经济技术开发区尧新大道399号　邮编:210038
开　　　本	960×1304毫米　1/32
印　　　张	10.875
字　　　数	176千字
版　　　次	2011年5月第1版　2016年4月第2次印刷
标 准 书 号	ISBN 978-7-5506-0413-1
定　　　价	27.00元
	(本书凡印装错误可向承印厂调换,电话:025-68037410)

《古代文史名著选译丛书》编委会

顾 问

周 林　　邓广铭　　白寿彝

主 编

章培恒　　安平秋　　马樟根

编 委

（均按姓氏笔划多少排列）

马樟根　　平慧善　　安平秋　　刘烈茂　　许嘉璐

李国祥　　金开诚　　周勋初　　宗福邦　　段文桂

董治安　　倪其心　　黄永年　　章培恒　　曾枣庄

（以上为常务编委）

王达津　　吕绍纲　　刘仁清　　刘乾先　　李运益

杨金鼎　　曹亦冰　　常绍温　　裴汝诚

（以上为编委）

《古代文史名著选译丛书》修订版
出版说明

　　呈献在读者面前的这套《古代文史名著选译丛书》是 2011 年的修订版。全书共 134 册，包括了中国从先秦至清末两三千年间的著名典籍。每部典籍都选其精粹（《论语》《老子》则全文收录），收录原文，加以简明的注释，力求准确地译为现代汉语，并于每一篇之前写有对该文的提示性说明。这是近一个世纪以来，规模最大、收录种类相对齐全、译注质量较高的一套普及传统文化的今译丛书。

　　这套丛书，原在 1992 年—1994 年由巴蜀书社分三批出齐，印行过万套；不久，又由台湾的出版机构买去海外版权在台湾及海外发行，可见这套丛书当年在两岸受欢迎的程度。时隔 17 年，丛书编委会决定重新修订，改由江苏凤凰出版集团所属的凤凰出版社出版。

这套丛书是由教育部属下的全国高等院校古籍整理研究工作委员会（简称古委会）于 1985 年策划的。古委会组织了全国 18 所大学的古籍整理研究所的所长任编委会编委，由我们三人任主编，在全国范围内选请学有专长的学者承担各书的译注。从 1986 年—1992 年，历时 7 年完成。当时，编委会制订了严明、可行的体例和细则，译注者按要求完成书稿。每部书稿完成后，都在全国范围内请编委会之外的专门研究这一学术领域的两位专家初审，合格后再请两位编委参照初审意见审改，然后退还原译注者改正。待原译注者改正后，再由编委会集中常务编委和部分编委、相关专家在一地将每部书稿从头至尾审改。这样的集中审稿会一般都在 8—15 天，7 年中开了 12 次审改会。审改后，三位主编再集中在一起逐一审定，交付出版社。这一工作程序，使得这套丛书的译注质量有了一定的提高。所以，这套丛书，在一定程度上是个人与多人合作的结果。关于这套丛书的编纂始末，我们曾在 1992 年 4 月全书交稿后写有一篇文章，这次附在修订版书末，便于读者了解。

这次修订，是交由原译注者自己修改。少数译注者已去世，则书稿一仍其旧。个别译注者已联系不上，也保持原貌。

1992年—1994年出版时，书前有当时古委会主任周林先生写的序。周林先生是这一丛书的发起者。他已于1997年6月去世，至今已14年了。为了尊重历史，也为了纪念他，修订版仍用他的序。

我们三人在1985年—1992年主持这套丛书工作时，年龄大的是从51岁到58岁之间，年龄小的是从44岁到51岁之间，那时尚有精力组织、参与这一工作，今天我们都已年逾古稀。全书修订版出版之际，心情似乎比当年更惴惴不安地期待着读者的评头品足，期待着不要对读者贻误太多。

回想这套丛书，真应该感谢我们的祖先为我们留下了这样深厚、丰富的思想、文化遗产，使我们今天仍然受用无穷。应该感谢这套丛书的全体译注者、审阅者、编委和当年的出版者巴蜀书社、今天的出版者凤凰出版社，是他们的学识、辛勤与真诚使得这套丛书得以面世。

章培恒　马樟根　安平秋
2011年3月15日

序

　　《古代文史名著选译丛书》与广大读者见面了。这是丛书编委会的同志与众多专家学者通力协作、辛勤耕耘的结果。

　　中华民族在五千年漫长的岁月里，创造了光辉灿烂的文化，给人类留下了丰富的精神财富。"观今宜鉴古，无古不成今"。今天，以马克思主义的科学理论为指导，整理研究我国古代文化典籍，做到汲取精华，剔除糟粕，古为今用，推陈出新，使人们在正确认识民族历史的同时，得到爱国主义的教育，陶冶道德情操，提高全民族的文化素质，促进社会主义文化的繁荣，使文明古国的历史遗产得以发扬光大，这是我们每个炎黄子孙的责任。而要做到这样，对古籍进行整理与研究是重要的基础工程。但是，整理与研究古籍仅作标点、校勘、注释、辑佚还不够，还要有今译，使老年人、中年人、青年人都愿意去读，都能读懂，以便从中得到教益。

基于以上认识，全国高等院校古籍整理研究工作委员会于1986年5月组成了以章培恒、安平秋、马樟根三位同志为主编的《古代文史名著选译丛书》编委会，确定了以全国十八所大学的古籍整理研究所为主力承担这一看似轻易、实则艰巨的今译任务。在第一次编委会议上，拟定了《凡例》、《编写与审稿要求》、《文稿书写格式》和一百余种书目。以每一种书为十万至十五万字计算，这套丛书大约有一千余万字，应该说是一项大工程。经过一年的努力，完成了第一批三十六部书稿的译注任务。在各研究所的专家与所长把关的基础上，于1987年5月和7月，先后在复旦大学、北京大学召开了部分编委参加的审稿会，通过了二十五部书稿，作为《古代文史名著选译丛书》与广大读者见面的第一批作品。与此同时，在1987年7月6日，邀请了在京的十几位专家教授与编委会十几位编委一起座谈这套丛书与古籍今译的问题。专家们肯定了今译工作的必要性与深远意义，并以他们数十年的教学科研和创作的经验，说明今译是一项难度很大的工作，是培养人才，使之打下坚实基本功的一种有效方法；专家们还对《古代文史名著选译丛书》提出了宝贵的建议，这对当时的审稿工作和保证《丛书》的质量起了很好的作用。

实践证明，古籍的今注不易，今译更难。没有对作品的深入、透彻的研究，没有准确、通俗、生动的语言表达能力，要想做好今译是不可能的。两年多来，全国高等院校古籍整理研究工作委员会在探索古籍的今注、今译的道路上，做了一些工作。这部丛书的出版，是系统今译的开始，说明古籍整理研究工作有了新的进展。更可喜的是，一批中青年学者参加了今注今译工作，为古籍整理增添了新生力量，相信他们会在实践中，在学习中，成长成熟。我希望，这套丛书的编委会和高校各古籍整理研究所要敞开大门，加强同国内外专家学者的联系，征求他们和广大读者的意见，并向有真才实学而又适宜做今译工作的专家学者约稿，以提高古籍译注的水平，使《古代文史名著选译丛书》的第二批、第三批作品的质量更上一层楼。

这是一套以文史为主的大型的古籍名著今译丛书。考虑到普及的需要,考虑到读者对象,就每一种名著而言,除个别是全译外,绝大多数是选译,即对从该名著中精选出来的部分予以译注,译文力求准确、通畅,为广大读者打通文字关,以求能读懂报纸的人都能读懂它。我希望这套丛书能成为中小学教师的语文、历史教学的参考书,成为大专院校学生的课外读物,成为广大文史爱好者的良师益友。由于系统的古籍今译工作还刚刚起步,这套丛书定会有不少缺点、错误,也诚恳地希望读者批评指正。

巴蜀书社要我为这套丛书写序,我欣然接受了。我相信这套丛书不仅会使八十年代的人们受益,还将使子孙后代受益,它将对祖国的繁荣昌盛起到点滴的作用。最后借此机会向曾给予我们支持、帮助的专家学者和巴蜀书社的同志表示衷心的感谢!并殷切地希望台湾同胞、港澳同胞、海外侨胞和我们一同做好祖先留给我们的文化遗产的整理工作,为中华民族灿烂的文化再放异彩而努力!

周 林

1987 年 10 月于北京

目 录

前 言

　　李白是我国历史上最伟大的浪漫主义诗人，也是全世界历代诗人中的巨星。韩愈《调张籍》诗说："李杜文章在，光焰万丈长。"这万丈光焰不仅照射到子孙万代，也照射到了国外。李白和现实主义大师杜甫被誉为中国诗歌史上的"双子星座"，深深地植根于人民之中，千百年来为广大人民所爱戴。李白所到之处，无不有文物古迹，而且广泛地流传着李白的遗闻轶事。

　　李白生于唐武后长安元年（701），卒于肃宗宝应元年（762），一生经历了唐玄宗开元天宝的"盛世"和安史之乱。关于他的生地，有不同的记载，一般认为他生于碎叶城。五岁时，随着父亲迁居绵州昌隆县，即今四川江油市。他就在四川度过了童年、少年和青年时期。

他二十五岁从三峡出川，漫游各地，以后就没有再回去过。他自己说年轻游扬州时，"不逾一年，散金三十余万，有落魄公子，悉皆济之"（《上安州裴长史书》）。可见他的家庭是很富裕的。他青年时代的社会活动主要是"任侠"和结交豪雄，在他的诗中就有仗义杀人的记载。他热切地希望能参加政治活动，但他不肯参加进士考试以作为进身之阶，因为他"不求小官，以当世之务自负"（刘全白《唐翰林学士李君碣记》），想由布衣一跃而为卿相。他的漫游各地，其实也是为了寻找实现自己志愿的机会。

漫游期间，他曾在长江的中下游饱览名山大川，并结识许多地方官吏和道士。又曾在安陆（今湖北安陆）住过相当长的时期，即所谓"酒隐安陆"。由于他感到不见容于当地长官——安州裴长史，他曾打算"西入秦海，一观国风"。这时他的志愿是"申管晏之谈，谋帝王之术，奋其智能，愿为辅弼"（《代寿山答孟少府移文书》）。热衷功名是他漫游期间的主导思想，但在行动上却并无突出的表现。在此期间，他既和友人元丹丘、元演在嵩山、洛阳、随州、太原到处游览饮宴，又"学剑来山东"（《五月东鲁行答汶上翁》），寓家任城（今山东济宁），与孔巢父、韩准、裴政等会徂徕山，酣饮纵酒，号"竹溪六逸"。这都可见其生活的一斑。

李白的这段漫游时期，正当开元盛世。他在这些年份里写了不少山水诗、饮酒诗、游仙诗。诗中驰骋想象，放怀寥廓，已充分显示出他的艺术才华。他一方面写了一些色调鲜明的写景小品，如《渡荆门送别》、《黄鹤楼送孟浩然之广陵》等；一方面写了一些真实生动的醉歌，如《襄阳歌》之类，显示出他的狂放姿态。同时由于他细心地观察人情物态，并学习民间乐府的情调，写出了刻画男女离情别绪的诗篇，如《长干行》、《乌夜啼》等刻画的思妇形象，就能细微曲折地反映现实。

他的诗名动京师。天宝初年，他应召入京，唐玄宗对他很重视，让他供奉翰林院，起草诏诰。他在侍诏翰林期间，一方面写了应制诗，一方面反映了长安统治阶层内部的黑暗。他本想向皇帝进言，作一番惊天动地的事业。但是他生性高傲，很快遭到谗毁。不到两年，唐玄宗"赐金"让他"还山"。于是他东游齐鲁，与杜甫结成莫逆之交，还和高适同游。他到济南,曾陪济南太守泛鹊山湖,还可能见过当时的北海太守李邕。没过两年,李邕这样一位大名士、大书法家竟被奸相李林甫派人杖杀了。反过来,像穷兵黩武、从事扩边战争的大军阀哥舒翰却升官晋级,烜赫一时。不久,宰相杨国忠又不恤民生,强行征兵,侵略南诏,李白怀着沉痛的心情,写了"羽檄如流星"(《古风五十九首》之三十四),描绘出人民所遭受的苦难。这时李白的政治理想已经破灭,对当时的朝政极为不满,便以大量的诗篇,揭露了现实中的黑暗。

李白在离开长安后的十年间,除去浪游四方,就是隐居求仙。他总想飞升到天国去,离开这恶浊的社会。然而他对于国家的动乱是极度关怀的。李白已经预感到安史之乱必将到来,可是他说:"我纵言之将何补?"(《远别离》)

天宝十五载(756),唐朝镇守北方边境的大将安禄山起兵作乱,先后攻陷东西两京洛阳和长安。这对唐王朝是一个重大打击,从此以后唐朝就走下坡路了。为了逃避兵乱,李白来到长江下游一带,又上庐山。这时正好永王李璘(唐玄宗的儿子,肃宗的胞弟)起兵讨安禄山,他就参加了永王璘的幕府。没有想到永王起兵是没有经过肃宗同意的,肃宗向永王大举进攻,永王兵败。李白为此坐了一年监狱,虽然免了死罪,仍被流放夜郎(今贵州桐梓一带)。走到中途,正遇大赦,才放回江夏(今湖北武汉市武昌)。半道放还之后,他还感叹在战乱中"白骨成丘山,苍生竟何罪",而且"中夜四五叹,常为大国忧"(《经乱离后天恩流夜郎忆旧游书怀赠江夏韦太守良宰》)。甚至到了六十一岁时,他听到李光弼"大举秦兵百万出征东南",他还要到金陵(今江苏南京)"请缨,冀申一割之用",不幸"半道病还"。他回到当涂后,不到一年就以"腐胁疾",死在当涂。他虽然擅剑术,自认为有文韬武略,可是终其一生,并没有领过兵,打过仗,而只是做了一辈子诗人。

李白《庐山谣寄卢侍御虚舟》诗说:"五岳寻仙不辞远,一生好入名山游。"初看起来,他似乎是一个纵情于山水之间的游仙。实际他在各地的活动是与当代的政治息息相关的。从李白诗歌的风貌来看,大抵可以分作前后两期:从少年读书匡山到天宝初"供奉翰林",可以算是前期;从"赐金还山"到赋《临终歌》,可以算是后期。

纵观李白出川前后的诗,五律和绝句为多,而且大都格律工稳,可见李白青少年时期已经打下了近体诗的基本功。

前一时期,正当开元盛世,在他的家乡四川首先就接触并受到道教和纵横家的影响。他向往于做侠客并修炼道术。他早年出川,于江陵见到当时最有名的老道士司马承祯。司马承祯说他"有仙风道骨,可与神游八极之表",李白因而著《大鹏遇希有鸟赋》,后改为《大鹏赋》。他自比于大鹏,气概宏伟,"身不满七尺,而心雄万夫"(《与韩荆州书》)。他有非凡的艺术才华,老诗人贺知章极为赞赏,一见呼他为"谪仙人"。魏颢见到他,说他"眸子炯然,哆如饿虎"(两眼闪闪有神,张着大嘴像饿虎一般)。这样一个性情豪爽,大义凛然,而又向往自由,幻想飞升的人,写起诗来更为豪放飘逸,神情飞动。

他特别爱喝酒。杜甫说:"李白斗酒诗百篇。"(《饮中八仙歌》)他的诗有些是酒后狂言,激昂慷慨。《将进酒》开头就说:"君不见黄河之水天上来,奔流到海不复回。"结尾说:"五花马,千金裘,呼儿将出换美酒,与尔同销万古愁。"《陪侍御叔华登楼歌》(原名《宣州谢朓楼饯别校书叔云》)说:"弃我去者,昨日之日不可留;乱我心者,今日之日多烦忧。……抽刀断水水更流,举杯消愁愁更愁。"他借酒浇愁,愁的什么?愁的是国家的前途,人民的苦难,个人的失意。他目睹开元至天宝由盛而衰,有一腔愤懑,无从发泄。他在首都长安亲眼看到:"大车扬飞尘,亭午暗阡陌。中贵多黄金,连云开甲宅。路逢斗鸡者,冠盖何辉赫!鼻息干虹霓,行人皆怵惕。"(《古风五十九首》之二十四)这帮太监和斗鸡之徒,居然住着连云般的高楼大厦,在长安市上横行霸道,没人敢惹。

反过来看,劳动人民又是什么样呢?他们在"吴牛喘月时,拖船一何苦!水浊不可饮,壶浆半成土。一唱《都护歌》,心摧泪如雨。万人凿盘石,无由达江浒"(《丁都护歌》)。这些在江南运石头的苦力,在炎热季节,牛都喘不过气来,他们却去凿盘石,还要送到江边,拖船运走,热极了连口干净水都喝不上。

由安禄山控制的幽州地区,更是暗无天日。《北风行》说:"烛龙栖寒门,光耀犹旦开。日月照之何不及此?唯有北风号怒天上来。"像神话中的寒门那样极北酷寒之地,人面蛇身的烛龙,睁眼为昼,闭眼为夜。在烛龙睁眼的时候,还是目发巨光,照亮大地的。可是幽州就见不到阳光,连月光也见不到,而唯有北风怒号,只见"燕山雪花大如席,片片吹落轩辕台"。安禄山穷兵黩武,压迫附近的少数民族,征发了青年从军,以至"幽州思妇十二月,停歌罢笑双蛾摧。倚门望行人,念君长城苦寒良可哀",其实是"箭空在,人今战死不复回"。最后感叹:"黄河捧土尚可塞,北风雨雪恨难裁!"作者通过一个寡妇之口,表现了人民的反抗精神。

他本想向皇帝进言,做一番惊天动地的事业。但是他生性高傲:"安能摧眉折腰事权贵,使我不得开心颜!"他既不肯和现实的黑暗社会同流合污,就通过梦境来表达他的理想。他在《梦游天姥吟留别》中,先描写了天姥山,然后进入梦境。这里有月光,有镜湖中的月影;到了剡溪,就联想到诗人谢灵运的住处,联想到"谢公屐"(为登山特制的木屐)。山是那么高,只到半山腰,就看到东海日出,听到天鸡的叫声。到夜间就更神奇了:有响雷、闪电、熊咆、龙吟,还有山岩间的泉声。然后石扉一开,别有洞天。大批仙子穿着云样的衣裳,在琴瑟伴奏声中,乘风而下。梦境一步步深入。可是"忽魂悸以魄动",又从梦境中突然醒来。在这里运用了历史故事、神话传说,以及奇特的想象和惊心动魄的气氛渲染,充分显示了浪漫主义的创作特征。

在他隐居求仙的时候，传来了安禄山率兵攻占洛阳的消息，他不能忘却中原人民所受的苦难，于是写了"西上莲花山"（《古风五十九首》之十九）。他首先虚构了一个迷离恍惚的神仙世界。他幻想登上华山的莲花峰，远远望见窈窕的仙女明星。这位仙女穿着云霓制成的衣裳，身后拖着宽宽的大带，洁白的玉手捧着莲花，跨着虚空的脚步登上高空，随风飘拂，升天而去。但李白在驾着飞鸿跃上紫色的高空时，向下一望，洛阳地面茫茫一片，尽是"胡"兵，人民的鲜血涂满了野草，残害人民的豺狼，却"沐猴而冠"，做了伪官。诗人看到了这一切，再也不能前进了。

他的求仙思想和关怀人民的思想发生了矛盾。他想挽回国运，随着永王璘领兵沿江东下，他希望："但用东山谢安石，为君谈笑静胡沙。"（《永王东巡歌》第二首）谢安石就是东晋的谢安，他隐居东山，不问政治，可是他出山以后，谈笑间就把北方氏族的苻坚打得大败。李白学谢安不成，永王兵败，他几乎送了命。

他的诗并不是处处都结合现实的，他善于驰骋想象，运用泼墨山水式的笔力，作大幅度的勾画；而且运用长短错落的句式，来适应回荡的激情，自由挥洒，音节铿锵。例如《蜀道难》描写的是自秦入蜀沿途的情景：先写太白山，次写青泥岭，然后写剑阁。一开头就惊叹："噫吁嚱，危乎高哉！蜀道之难难于上青天！"而且反复咏叹这句诗，作为全诗的主调。诗中利用神话传说，叙述自古以来秦蜀之间劈山开道的艰难，又描写出山势的高危和蜀道的迂回曲折："黄鹤之飞尚不得过，猿猱欲度愁攀援。"下面又渲染蜀道之险，并设想有人据险守关，残害人民，还有猛虎长蛇，"磨牙吮血，杀人如麻"，劝说友人不如及早回家。这样以神奇莫测的笔势，表现出浪漫主义的气息。虽然写蜀道的艰难，而那种豪放的风格，使读者不会产生畏难的情绪。杜甫称赞李白"笔落惊风雨，诗成泣鬼神"（《寄李十二白二十韵》），正说明了李白浪漫主义诗篇的艺术魅力。

李白所以能写出像《蜀道难》里那些鲜明生动的景象，是由于他"一生好入名山游"。此外，他还写了许多描绘和歌颂祖国锦绣河山的诗篇。"西岳峥嵘何壮哉！黄河如丝天际来。……巨灵咆哮擘两山，洪波奔流射东海"（《西岳云台歌送丹丘子》），这是从华山远眺的黄河。"登高壮观天地间，大江茫茫去不还。黄云万里动风色,白波九道流雪山"（《庐山谣寄卢侍御虚舟》），这是从庐山俯瞰长江。这些都是画面壮阔,气象万千的。

就是写到比较小的场面,他也能立足眼底,思落天外。《望庐山瀑布》:"日照香炉生紫烟,遥看瀑布挂前川。飞流直下三千尺,疑是银河落九天。"这末一句真是天外奇想。

李白不只用浪漫主义创作方法来抒发激情,也用现实主义创作方法进行细致的刻画。他不仅善于写自然景色,也善于描写社会现象。李白在诗中塑造了许多妇女形象,同情她们的遭遇,传达了她们曲折的柔情。像《乌夜啼》写"机中织锦秦川女,碧纱如烟隔窗语。停梭怅然忆远人,独宿孤房泪如雨",就表现出秦川妇女怀念丈夫的痛苦心情。

由于题材的多样化,李白也表现出多样化的风格。豪放飘逸是他的主导风格,另外他也有清新自然的一面。李白曾赞赏他的朋友的诗如"清水出芙蓉,天然去雕饰"（《经乱离后天恩流夜郎忆旧游书怀赠江夏韦太守良宰》），而这两句诗也正代表了李白诗歌语言的风格特色。像《静夜思》:"床前明月光,疑是地上霜。举头望明月,低头思故乡。"就突出地体现了妙造自然、毫无雕饰的特色。

　　李白诗歌不仅善于写恋情，也善于写友情。像《赠汪伦》就显示出他对朋友的一往情深。在友朋中，他尤其不能忘怀于日本友人晁衡。晁衡在返日途中，海上遇险。噩耗传来，李白写出《哭晁卿衡》："日本晁卿辞帝都，征帆一片绕蓬壶。明月不归沉碧海，白云愁色满苍梧。"他把晁衡高尚的品德和才华比喻为天上的明月。月沉碧海，使得海上萦绕苍梧仙山的白云也带愁惨之色。李白当时是那样的悲痛，哪里知道晁衡并没有沉海，而是历经艰险又回到唐朝来了。

　　以上我们所说的都是李白人格和诗歌的积极方面，我们选译的李白诗，就是选他那些思想健康而又艺术高超的作品。我们所选的全是脍炙人口的传诵名篇。那些内容比较复杂、文辞比较艰涩或者篇幅比较长的作品，我们没有选。如果读者愿意更进一步了解李白的生平和为人，我们建议读李白《忆旧游寄谯郡元参军》和《经乱离后天恩流夜郎忆旧游书怀赠江夏韦太守良宰》两首长诗。这两首长诗都带有自传的性质。通过前一首读者可以了解到李白出川后前半生的生活道路，而后一首诗则对天宝入京以后一直到流放夜郎放还后的生活，叙述得更加细致。这两首诗在《李太白全集》或者其他李白选集中都可以找到。

我们的选译工作，是从古籍整理的角度出发的。译的时候首先考虑到要切合诗的原意，而不是自己在那里作诗，所以极少离开原意的补充，或者是抒一己之情。我们在选译过程中，除原著外，还参考了各家的注释、赏析和译文，凡是有个别和各家不一致的地方，那就代表我们的理解，不再一一说明。这些个别的地方是经过细心考证的。

各篇排列顺序大体根据作品的时代先后，但不是严格的编年。其无法编年的部分，排列于后。

这本书的编写是在我的指导下，由四位博士研究生陶新民、张瑞君、丁立群、詹福瑞分工起草的，每篇都经过我修改加工。但由于我们的水平有限，错误的地方还是难免，希望专家和读者们不吝指正。

詹　锳

访戴天山道士不遇

　　戴天山，又叫大匡山，在今四川江油。山中有大明寺。据宋姚宽《西溪丛语》载，李白开元中曾在此寺读书。这首诗就是李白二十岁以前隐居戴天山读书时期所作。诗中表现了走访道士不遇的怅惘情绪，情景交融，很有意境。

犬吠水声中，桃花带露浓。

树深时见鹿，溪午不闻钟①。

野竹分青霭，飞泉挂碧峰。

无人知所在，愁倚两三松。

①"溪午"句：暗示道人外出未归。

【翻译】

犬吠声声，
水流淙淙。
带着浓浓的夜水，
桃花倒映在小溪中。

树林深深处，
时时闪过鹿影；
中午的小溪旁，
听不到寺里钟声。

一丛丛野竹，
分开青青雾霭；
白练似的飞泉，
悬挂碧绿山峰。

山野幽幽，
谁晓得道人行踪？
我忧愁地在林间徘徊，
又时时倚靠着两三棵青松。

白 头 吟

　　《白头吟》，乐府《楚调曲》调名。据《西京杂记》卷三载，蜀地巨商卓王孙的女儿卓文君，聪明美丽，有文采，通音乐。孀居在家时，与司马相如相爱，私奔相如。因生计艰难，曾得到卓王孙的资助。司马相如得势后，准备娶茂陵的一个女子为妾，卓文君得知就写了一首《白头吟》给他，表达自己的哀怨之情。相如因此打消了娶妾的念头。后世多用此调写妇女的被遗弃。李白将卓文君与司马相如的历史故事作了深刻的开掘，改变了历史人物的本来面貌，从中反映出封建社会妇女的悲惨命运。

锦水东北流①，波荡双鸳鸯。雄巢汉宫树，雌弄秦草芳。宁同万死碎绮翼②，不忍云间两分张。此时阿娇正娇妒③，独坐长门愁日暮④。但愿君恩顾妾深，岂惜黄金买词赋⑤。相如作赋得黄金，丈夫好新多异心。一朝将聘茂陵女，文君因赠白头吟。东流不作西归水，落花辞条羞故林。兔丝故无情，随风任倾倒。谁使女萝枝，而来强萦抱？两草犹一心，人心不如草。莫卷龙须席，从他生网丝。且留琥珀枕，或有梦来时。覆水再收岂满杯？弃妾已去难重回。古来得意不相负，只今惟见青陵台⑥。

---

①锦水：即锦江，在四川成都平原。　②绮翼：指鸳鸯美丽的翅膀。　③阿娇：汉武帝陈皇后的乳名。　④"独坐"句：传说汉武帝刘彻幼年的时候，曾对其姑母说："若得阿娇作妇，当作金屋贮之。"刘彻当了皇帝后，立阿娇为皇后，即陈皇后。后失宠废居在长门宫。　⑤"但愿"二句：陈皇后盼望再得到武帝恩宠，可是没有好办法。后闻司马相如善作赋，便奉献黄金百斤请他作赋，相如便替她写了《长门赋》。　⑥青陵台：据干宝《搜神记》卷十一记载，战国时，宋康王因为韩朋（一作凭）的妻子美丽，便强占了她。又强迫韩朋去筑青陵台，然后杀掉了他。韩朋的妻子请求去参加葬礼，遂投身墓中而死。康王又命令将韩朋夫妇分葬在青陵台两旁。过了一年，两旁各生一梓树，树长大后，两树的枝条相交，有两只鸟在枝上哀鸣，当时人称为相思树。

【翻译】

锦江水向东北方奔流，

波涛中游动着一对鸳鸯。

雄的在汉宫高树上作巢，

雌的在玩赏秦地花草的芬芳。

宁可同死一万次，

每次都碎裂美丽的翅膀，

也不忍在云间分飞异方。

此时阿娇正因生性娇妒，

独居长门宫里为日暮而愁苦。

只盼望皇帝对自己恩情深切，

不惜以黄金去买词赋！

相如写赋得到了黄金，

男子喜新厌旧动辄变心。

一旦准备聘娶茂陵的少女，

卓文君因而赠送他《白头吟》。

河水既已向东流去，

哪会又倒流向西奔？

落花已经从树上飘落，

就羞于重返故林。

兔丝草本就缺乏柔情，

任凭风把它吹得东倾西倒。

谁让那女萝枝，

硬和它依偎萦绕？

两株草的心还能够融合为一，

冷漠的人心却还比不上多情小草！

且莫去收卷那龙须草的席子，

任凭它长上蜘网蛛丝。

姑且留下琥珀装饰的枕头，

或有相会的梦境抚慰孤栖。

倾覆地上的水收回来哪能装满杯？

被遗弃的女人自难再返回。

得意后仍不抛弃旧日恩情，

从古到今只有一座青陵台。

登 峨 眉 山

峨眉山风景幽美,有"峨眉天下秀"之称。李白此诗作于青年时期,写他登山所见及其对仙界的向往。

蜀国多仙山,峨眉邈难匹①。

周流试登览②,绝怪安可悉③?

青冥倚天开④,彩错疑画出。

---

① 邈:渺邈绵远。 ② 周流:周游。 ③ 绝怪:奇特。悉:穷尽。 ④ 青冥:青而暗昧的样子。此指山峰。开:展开。

泠然紫霞赏①,果得锦囊术②。

云间吟琼箫,石上弄宝瑟。

平生有微尚③,欢笑自此毕。

烟容如在颜④,尘累忽相失⑤。

倘逢骑羊子⑥,携手凌白日⑦。

【翻译】

蜀国有很多仙山,

但都难以与绵邈的峨眉匹敌。

试登此山周游观览,

谁也领略不尽它那奇特的景色。

青苍的山峰在天际展列,

色彩斑斓如同画出。

飘然登上峰顶品味紫霞,

---

① 泠然:轻举貌。赏:玩赏。道家有"餐霞"求仙之法。这里的"赏",即含有"餐"的意思。 ② 锦囊:以锦制成的袋子。《汉武内传》载:汉武帝曾把西王母和上元夫人所传授的仙经放在紫锦囊中。锦囊术:此处指成仙之术。 ③ 微尚:微小的意愿。 ④ 烟:山水云雾之气。 ⑤ 尘累:世俗的牵累。 ⑥ 骑羊子:《列仙传》载:周时羌人葛由,喜欢刻木羊出卖。某一次,他骑羊进入西蜀,蜀中一些王侯贵人追随他登上峨眉山西南的绥山,都成仙而去。 ⑦ 凌白日:凌跨白日,指飞升成仙。

真能得到成仙之术。

我在云间吹奏玉箫，

在山石上弹弄宝瑟。

——这是我一直具有的意愿，

它就此欢乐地变成现实。

我的脸上似已充满烟霞之气，

世俗牵累忽然都已消失。

倘若遇上仙人骑羊子，

就与他携着手凌跨白日。

峨眉山月歌

　　本诗作于李白青年时期游成都之后、出夔门以前。短短四句诗,巧妙地连用五个地名,勾勒出此次行程。并以贯串整个诗境的峨眉山月为象征,表现出诗人惜别故乡的依依之情。

　　峨眉山月半轮秋,影入平羌江水流①。
　　夜发清溪向三峡②,思君不见下渝州③。

---

　　① 平羌江:即青衣江。源出四川芦山,东南流经峨眉山前,至乐山入岷江。　② 清溪:驿站名,在四川犍为峨眉山附近。三峡:即长江上的瞿塘峡、巫峡、西陵峡。　③ 渝州:今重庆一带。

【翻译】

　　高高的峨眉山上，

　　悬挂着半轮秋月；

　　月影映进平羌江，

　　江水荡漾轻轻流。

　　夜里从清溪发船，

　　驶向三峡的下游。

　　峨眉山月啊，

　　思念你，却看不到你了，

　　一帆顺水直奔渝州。

秋 下 荆 门

荆门山，位于今湖北宜都西北的长江南岸。它与江北的虎牙山隔江对峙，形势十分险要。开元十三年（725），李白出蜀漫游，就从此处经过。这首诗，敦煌残卷本《唐诗选》题作《初下荆门》，当是李白初出荆门时所作。

霜落荆门江树空①，布帆无恙挂秋风②。

---

① 江树空：江边的树木因秋霜降临而叶子落光了。
② 布帆无恙：东晋著名画家顾恺之作荆州太守殷仲堪的幕僚时，两人关系甚好，顾恺之请假东归，殷仲堪特地借给他一幅布帆。途中遇上大风，顾恺之写信告诉殷仲堪："行人安稳，布帆无恙。"见《晋书·顾恺之传》。

此行不为鲈鱼脍①，自爱名山入剡中②。

【翻译】

秋霜降临荆门山中，

江树的枯叶已经落尽。

我的轻舟布帆高悬，

安稳地顺着秋风东行。

出游的目的不在鲈鱼和莼羹，

热爱名山才使剡中将我吸引。

---

① 鲈鱼脍：据《晋书·张翰传》载，张翰在齐王手下做官时，预感到将有变故发生。一日，见秋风起，便以想念家乡鲈鱼和莼羹的美味为理由而辞官归乡。后来齐王果然事败，人们都很佩服张翰的远见。 ② 剡（shàn 善）中：位于今浙江嵊州市一带。这里山水秀美，魏晋以来多有隐士居此。

渡荆门送别

这首诗是李白出蜀后写下的早期作品之一。他以雄健豪迈的诗笔，热情洋溢地描绘了长江两岸奇丽壮阔的自然景象，反映了诗人乐观的心境和对故乡的眷恋。

渡远荆门外，来从楚国游①。

山随平野尽，江入大荒流②。

月下飞天镜③，云生结海楼④。

---

① 楚国：今湖北一带。春秋战国时属楚。　② 大荒：辽阔无边的原野。　③"月下"句：月亮映入江水，好像镜子从天空飞下。　④ 海楼：即海市蜃楼。

仍怜故乡水①,万里送行舟。

【翻译】

从蜀地出发远渡荆门之外,

来到楚国故地纵情遨游。

山势随着平原渐渐消失,

江水进入广阔的原野汹涌奔流。

月影映入江中好似明镜飞下,

彩云变幻结成海市蜃楼。

我仍然深深地爱着的故乡江水,

不辞万里用波涛载送行舟。

---

① 怜:爱。故乡:长江自蜀东流,李白青少年时代在蜀中度过,故称蜀中为故乡。

江上寄巴东故人

　　这首诗是开元十四年(726),李白初游湖北汉水流域寄给蜀地老朋友的作品,表达了李白对友人的思念。巴东,郡名,今湖北秭归、巴东一带。

汉水波浪远①,巫山云雨飞②。

东风吹客梦,西落此中时。

觉后思白帝③,佳人与我违。

瞿塘饶贾客④,音信莫令稀。

---

　　① 汉水:源出陕西宁强嶓冢山,东南流至湖北武汉汉阳入长江。　② 巫山:在今重庆巫山东南。山的东部在巴东境内。　③ 白帝:城名,在今重庆奉节东,唐代白帝城隶属巴东郡。　④ 瞿塘:在今重庆奉节东南,为长江三峡之一。

【翻译】

> 我这里的汉水滔滔流向天际，
>
> 你那里的巫山则是云起雨飞。
>
> 睡梦中东风把我飘然吹去，
>
> 飞向巴东，飞进你的心扉。
>
> 醒后我的心还向往着白帝，
>
> 友人呵，你和我竟然分离！
>
> 瞿塘峡有许多客商来来往往，
>
> 但愿我常能得到你的信息。

望庐山瀑布

　　这首诗描写了庐山瀑布的壮丽景色，反映
出诗人对祖国大好河山的热爱。

　　日照香炉生紫烟①，遥看瀑布挂长川②。
　　飞流直下三千尺，疑是银河落九天。

【翻译】

　　太阳照着香炉峰，

　　生出紫烟冉冉；

---

　　① 香炉：指庐山香炉峰。在庐山西北，峰顶尖圆，烟云缭
绕，像香炉一样，故名。　② 长川：通行本作"前川"，据清代缪
回芑刻《李太白集》改。

远远望去，
瀑布像长河挂在山前。
三千尺飞流喷涌直下，
莫非是银河从九天垂落崖间！

金陵城西楼月下吟

　　这首诗写于金陵(今江苏南京)。诗人即景抒怀,表达了对南齐诗人谢朓的崇敬和追慕之情。

　　金陵夜寂凉风发,独上西楼望吴越①。

　　白云映水摇空城②,白露垂珠滴秋月。

　　月下沉吟久不归,古来相接眼中稀③。

---

　　① 西楼:《景定建康志》卷二十一"李白酒楼"条下引有此诗,注云即城西孙楚酒楼。吴越:即今江苏苏州至浙江绍兴一带。　② 空城:指城中寂无声息,像是无人居住的空城。
③ 相接:指精神相通,能产生共鸣。

解道"澄江净如练"，令人长忆谢玄晖①。

【翻译】

凉风吹拂着金陵夜晚的静寂，

我独自在西楼上眺望着吴越之地。

江水摇荡着白云与阒寂城市的倒影，

洁白的露珠坠入江中倒映着的秋月。

在月下沉吟着久久不忍返归，

在古今人里我的知音都寥寥无几。

能够写出"澄江净如练"的诗句，

使我一直怀念着谢玄晖。

---

①"解道"二句：解道，懂得说。谢玄晖：谢朓的字，南齐著名诗人。他的《晚登三山还望京邑》（当时京城在建康，即金陵）诗中有云："余霞散成绮，澄江净如练。"是被人传诵的名句。

金陵酒肆留别

李白任侠好施，很重视友谊。此诗就是他早期游金陵时，临行告别朋友的言情之作。诗人以通俗而又含蓄的语言，生动地描写了他与朋友们依依惜别的深厚感情。

风吹柳花满店香，吴姬压酒劝客尝①。

金陵子弟来相送，欲行不行各尽觞②。

请君试问东流水，别意与之谁短长？

---

① 压酒：用米酿酒时，先将米蒸煮，经过发酵，从中压出酒汁。　② 觞(shāng 商)：酒器。

【翻译】

柳絮随着春风轻扬，

酒店里弥漫着花香。

吴女捧着刚压出的新酒，

邀请来客尽情品尝。

金陵朋友为我饯行，

欲别又止，各自饮尽手中觞。

请君试问东流的长江水，

它与这离情哪个较短哪个长？

望 天 门 山

　　天门山，位于今安徽当涂西南，由长江东岸的博望山和长江西岸的梁山组成。两山隔江相对，状如天门，长江从中流过，景色十分壮观。

　　天门中断楚江开①，碧水东流至此回。
　　两岸青山相对出，孤帆一片日边来。

【翻译】

　　这正中断开的天门山，
　　是楚江把它冲开。

————————

① 楚江：安徽古为楚地，故称流经这里的长江为"楚江"。

碧水向东奔流，

到此回旋徘徊。

两岸边高耸的青山，

隔着长江相对成排。

我乘着一叶孤舟，

从日边而来。

长 相 思

《长相思》，乐府《杂曲歌辞》旧题。题意取自古诗"上言长相思，下言久别离"、"着以长相思，缘以结不解"。现存歌辞多写思妇之怨。李白这首诗描写思妇缠绵悱恻的相思之情，深沉含蓄，韵律参差错落，艺术上很有创造性。同时，又采用典型景物的烘托、渲染，很好地表达了思妇的离别之苦。

长相思，在长安。

络纬秋啼金井阑①，微霜凄凄簟色寒②。

---

① 络纬：昆虫，俗名纺织娘。金井阑：精美的井栏。

② 簟(diàn 店)：竹席。

孤灯不明思欲绝，卷帷望月空长叹，美人如花隔云端①。

上有青冥之高天②，下有渌水之波澜③。

天长路远魂飞苦，梦魂不到关山难。

长相思，摧心肝。

【翻译】

日日夜夜地思念啊，

我思念的人在长安。

秋天的纺织娘，

啼鸣在精美的井栏边；

凄冷的微霜已经降下，

竹席显得分外清寒。

在昏暗的孤灯下我悲痛欲绝，

卷起窗帘空自对着明月长叹，

那鲜花般的美人远隔云端。

上有苍苍茫茫的无边青空，

下有清澈的水卷起波澜。

天广地远连梦魂跋涉都那么艰难，

---

① 美人：所思之人。枚乘《杂诗》："美人在云端，天路隔无期。" ② 青冥：天色苍苍，显得很高远的样子。 ③ 渌水：清澈的水。

我怎能飞越关山来到你眼前?

日日夜夜地思念啊,

相思之情使我肝肠寸断。

横江词六首（选二首）

　　《横江词》六首，多写横江浦波高浪险的景象和行人被阻的心情。诗句自然流畅，感情朴实真率，深受南朝乐府民歌影响。横江浦在今安徽和县东南，位于长江西北岸，与东南岸的采石矶隔江对峙，形势极其险要。

其　一

　　人道横江好，侬道横江恶①。

---

① 侬：吴地（今江苏南部一带）人自称。

一风三日吹倒山，白浪高于瓦官阁①。

其　五

横江馆前津吏迎②，向余东指海云生。
郎今欲渡缘何事，如此风波不可行。

【翻译】

其　一

人人都说横江好，
我却偏说横江凶恶。
一刮三日的狂风吹得倒山，
江中的巨浪高过瓦官阁。

其　五

管理渡江事务的小吏在横江驿前相迎，

---

①瓦官阁：即瓦棺寺，又名升元阁。梁代所建，高二百四十尺，前瞰江西，后据重冈。故址在今江苏南京。　②横江馆：又名采石驿，在今安徽当涂北采石镇。

指给我看东边海上乌云已经形成。

"你现在急于渡江为了何事？

这么大的风浪怎能前行！"

杨 叛 儿

　　《杨叛儿》,原本是古代童谣,北齐隆昌时女巫之子杨旻,幼年随母入宫,长大后受到太后宠爱。当时有童谣云:"杨婆儿共戏来所欢。""杨婆儿"后来讹成了"杨叛儿",并由这首童谣演变成一种民间曲调(见杜佑《通典》卷一四五)。运用《杨叛儿》曲调的民歌有多首,其中有一首是:"暂出白门前,杨柳可藏乌。欢作沉水香,侬作博山炉。"李白这首诗即由此演化而来,故诗中有"乌啼白门柳"之句。诗人运用热情洋溢的笔触,塑造了一位光彩照人的女性,她热爱生活,勇敢追求爱情。作者在艺术上又采用了浪漫主义的笔调来表达女主人公的爱情理想。整首诗具有民歌风味。

君歌《杨叛儿》，妾劝新丰酒①。

何许最关人②？乌啼白门柳③。

乌啼隐杨花，君醉留妾家。

博山炉中沉香火④，双烟一气凌紫霞⑤。

【翻译】

你歌唱着《杨叛儿》，

我奉劝你新丰美酒。

什么地方最使人动情？

西门外藏有乌鸦的垂柳。

当杨花丛中栖息着不再啼鸣的暮鸦，

你也喝醉了留宿在我家。

博山炉里燃起了芬芳的沉香，

双烟融为一气冉冉飞入云霞。

---

① 新丰酒：指汉代新丰（在今陕西西安附近）出产的酒，这里泛指美酒。 ② 何许：即何处。最关人：最使人动情。
③ 白门：六朝京城建康（今江苏南京）的西门，后也用以指南京。 ④ 博山炉：古代一种熏香用的器具。《西京杂记》卷一：
"长安巧工丁缓者……又作九层博山香炉，镂为奇禽怪兽，穷诸灵异，皆自然运动。"沉香：一种名贵的香木，燃时有香气。
⑤"双烟"句：意思是香化为烟，升入云霞。双烟一气，喻男女爱情的坚固。

夜下征虏亭

　　征虏亭，故址在今江苏南京。相传为东晋征虏将军谢石所建。此诗作于李白将下扬州之时。诗人运用自然明丽的语言，生动形象的比喻，描绘了征虏亭到广陵一带的江中夜景。

　　　　船下广陵去①，月明征虏亭。
　　　　山花如绣颊②，江火似流萤③。

————————

　　① 广陵：今江苏扬州一带。　② 绣颊：唐代女子常以胭脂点颊，故称绣颊。　③ 江火：江上船中的灯火。

【翻译】

　　船儿向扬州驶去，

　　征虏亭沐浴在月光之中。

　　鲜艳的山花仿佛少女的娇靥，

　　江上灯火如同流萤飞动。

关 山 月

《关山月》为乐府鼓角横吹十五曲之一，多写离别的感伤。李白此诗沿用乐府古题，反映战士们戍守边疆、思念家乡的心情。气象雄浑，令人赞赏。

明月出天山①，苍茫云海间。
长风几万里，吹度玉门关②。
汉下白登道③，胡窥青海湾④。

---

① 天山：今甘肃西北部的祁连山古时也称天山；本诗所指即此山。 ② 玉门关：在今甘肃敦煌西北。 ③ 白登：山名，在今山西大同东。据《汉书·匈奴传》载，刘邦曾与匈奴在此作战，被困七日七夜。 ④ 青海湾：即青海湖。唐朝军队多次在青海与吐蕃作战。

由来征战地，不见有人还。

戍客望边色，思归多苦颜。

高楼当此夜，叹息未应闲①。

【翻译】

一轮明月升起于天山，

出没在苍茫云海之间。

长风掠过几万里广袤边地，

从这里一直吹进玉门雄关。

汉朝出兵白登山与匈奴作战，

今日里胡兵又来窥视青海湾。

从遥远的往昔直到今天，

这征战场上难见有人归还。

戍守的兵士面对着清冷的边色，

大都是思念故乡的愁苦容颜。

想高楼上的妻子在这样的月夜，

一定是叹息声声难以安眠。

---

① 闲：休闲，这里指睡眠。

乌 栖 曲

　　《乌栖曲》是乐府《清商曲·西曲歌》的调名,内容多写男女欢情。这是李白在吴地漫游时作。吴王荒淫奢侈,丧身亡国。诗人对吴王的荒淫进行揭露,同时,也是对沉迷声色、昏庸误国的唐玄宗的深刻讽刺。

姑苏台上乌栖时①，吴王宫里醉西施②。

吴歌楚舞欢未毕③，青山欲衔半边日④。

银箭金壶漏水多⑤，起看秋月坠江波⑥，

东方渐高奈乐何⑦！

【翻译】

姑苏台上乌鸦纷纷飞回，

吴王在宫中正为西施迷醉。

轻歌曼舞，欢娱犹未终结，

---

① 姑苏台：故址在今江苏苏州西南胥山上，春秋时吴王阖闾创建，后吴王夫差加以增筑。《述异记》卷上载："吴王夫差筑姑苏之台……上别立春宵宫，为长夜之饮，造千石酒钟。夫差作天池，池中造青龙舟，舟中盛陈妓乐，日与西施为水嬉。"乌栖时：指众鸟归栖的日暮之时。　② 醉：迷醉。西施：本为越国美人。吴越交战，越国战败，越王勾践把西施献给吴王夫差。从此夫差沉湎于酒色之中，后终被越国所灭。见《吴越春秋》。　③ 吴歌楚舞：此处泛指南方的美妙歌舞；吴、楚均为古代南方地。　④ 衔：含。此处以青山衔日来形容太阳落山的景象。　⑤ 银箭金壶：插入银箭的金壶。这里的箭和壶是古代计时工具。箭上刻有度数，插入壶中；壶底有孔漏水。壶水不断下滴，箭上的度数随着水面的下降而显示出来，故可用以计时。　⑥ 江波：江中波涛。因在江南水乡，举目远望，天水相接，月亮在天际隐没时，给人一种落入水中的错觉。　⑦ 奈乐何：想继续寻欢作乐而又无可奈何之意。

青翠的山峰却衔走了半边红日。

银箭金壶里漏出的水不断增多，
起身看时秋月已经坠入江波。
太阳渐高就不能继续作乐，
这却真是无可奈何！

苏 台 览 古

苏台，即姑苏台。这首诗也是李白漫游吴越时所作。主要表现诗人深沉的兴亡之感，与上一首的主题略有不同。

旧苑荒台杨柳新①，菱歌清唱不胜春②。
只今惟有西江月，曾照吴王宫里人③。

---

① 苑：园林。 ② 菱歌：东南水乡老百姓采菱时唱的民歌。清唱：歌声婉转清亮。不胜春：歌曲中包含无穷的春意。
③ 吴王宫里人：指吴王夫差宫中的妃子、宫娥等。

【翻译】

在旧日园林早已荒芜的姑苏台上，

新绿的杨柳正在蓬勃生长。

蕴含着无穷的春意，

那采菱的歌声婉转清亮。

可如今已只有长江上空的明月，

它曾经看到过吴宫的群芳。

夜泊牛渚怀古

　　牛渚,又名牛渚矶或采石矶,在今安徽马鞍山采石镇西翠螺山西南部,矶头高约五十米,风光绮丽,是有名的古渡口。此诗宋蜀本题下注云:"此地即谢尚闻袁宏咏史处。"按《晋书·文苑传》:袁宏少时孤贫,以运租为业。镇西将军谢尚镇守牛渚,秋夜乘月泛江,听到袁宏在运租船上讽诵他自己的咏史诗,非常赞赏。于是邀宏过船谈论,直到天明。袁宏得到谢尚的赞誉,从此声名大著。此诗由眼前情景,想到袁宏遇谢尚这一故事,感慨自己虽像袁宏那样富于文才,而像谢尚那样的人物却无从寻觅,蕴含着世无知音的深沉感喟。

牛渚西江夜①,青天无片云。

登舟望秋月,空忆谢将军。

余亦能高咏,斯人不可闻②。

明朝挂帆席③,枫叶落纷纷。

【翻译】

夜色笼罩着牛渚周围的长江,

没有一丝云影,天色青苍。

登上船头瞻望秋月,

徒然地思念着将军谢尚。

我也能高歌赋诗,

却无从得到知音者的赞赏。

明晨张帆出发向远方,

只有枫叶在风中纷纷飘荡。

---

① 西江:古称江西到南京的一段长江为西江。牛渚其地正在西江。 ② 斯人:指谢尚。 ③ 帆席:古时用蒲编席作帆,也称蒲帆。挂帆席,宋蜀本注云:"一作'洞庭去'。"

长 干 行

　　《长干行》是乐府《杂曲歌辞》调名。长干，地名。在今江苏南京南。行，歌行，乐府古诗的一种体裁。这首诗描写一青年妇女思念在长江上游经商的丈夫，用女子凄婉的口吻写出。六朝乐府《西曲歌》内容多写商妇的离愁别绪，本篇受《西曲歌》影响很明显。

　　妾发初复额①，折花门前剧②。郎骑竹马来③，绕床

---

　　① 复额：头发短，刚盖上额头。妾：古代妇女的自称。
② 剧：游戏。　③ 竹马：以竹杆当马骑。

弄青梅①。同居长干里,两小无嫌猜②。十四为君妇,羞颜未尝开。低头向暗壁③,千唤不一回。十五始展眉,愿同尘与灰④。常存抱柱信⑤,岂上望夫台⑥?十六君远行,瞿塘滟滪堆⑦。五月不可触⑧,猿声天上哀⑨。门前迟行迹⑩,一一生绿苔。苔深不能扫,落叶秋风早。八月蝴蝶黄⑪,双飞西园草。感此伤妾心,坐愁红颜老⑫。早晚下三巴⑬,预将书报家。相迎不道远,直至长风沙⑭。

---

① 床:指庭院中的井床,即井栏。弄青梅:儿童的一种游戏,互相追逐并投掷青梅。 ② 无嫌猜:没有嫌隙、猜忌。 ③ 向暗壁:向着墙壁的暗处。 ④ 尘与灰:比喻和合不分。 ⑤ 抱柱信:故事见《庄子·盗跖》篇,大意是说一个名叫尾生的人,与一个女子约会在桥下,尾生先到,忽然水涨,尾生抱着桥柱不愿离开,免得失信于女子,结果被水淹死。后人因称守信约为抱柱信。 ⑥ 望夫台:相传古代有人久出不归,他的妻子在此台上眺望,故名。 ⑦ 滟滪堆:在瞿塘峡口,是一块巨大的礁石。 ⑧ "五月"句:夏历五月,江水暴涨,滟滪堆被水所淹,仅露出顶部一小块,行船容易触礁出事。梁简文帝《淫豫歌》有句云:"淫豫大如襆,瞿塘不可触。" ⑨ "猿声"句:三峡多猿,啼声哀切。盛弘之《荆州记》记当地渔歌:"巴东三峡巫峡长,猿鸣三声泪沾裳。" ⑩ 迟行迹:指丈夫离别时徘徊、伫立的足迹。"迟"一作旧。 ⑪ 蝴蝶黄:相传秋天黄蝴蝶多。 ⑫ 坐:因。 ⑬ 早晚:何时。三巴:古时指巴郡、巴东、巴西,都在今四川东部、重庆一带。 ⑭ 长风沙:地名,在今安徽安庆东长江边上。陆游《入蜀记》卷三云:"自金陵(今江苏南京)至此(长风沙)七百里。"

【翻译】

我头发刚可盖住前额，

在门前折花游戏。

你骑着竹马跑来，

围着井栏互相投掷青梅。

同住在长干里，

真个是两小无猜。

十四岁做了你的媳妇，

脸上的羞怯从未消退。

我低头面向着墙角儿，

你千呼万唤我头也不回。

十五岁才露出笑脸，

愿与你如胶似漆不离开。

我相信你至死不会变心，

哪用去上望夫台！

我十六岁时你出了远门，

瞿塘滟滪堆波涛澎湃。

五月里行船千万别触礁，

高山上传来的猿啼多么悲哀。

临行时你徘徊门前留下足迹，

都已长满了青苔。

青苔深了难以清扫，

落叶遍地秋风来得早。
八月里多的是黄蝴蝶，
成双成对飞遍西园草。
触景伤情愁得我的心碎了，
因为我怕红颜早衰老。
你几时从三巴顺流而下，
早早托个人捎信来家。
再远的路我也不怕，
迎接你一直到长风沙。

赠 孟 浩 然

　　孟浩然（689—740），襄州襄阳（今湖北襄阳）人，是盛唐著名诗人。隐居当地鹿门山，在四十岁时才出游京师，很受当时上层人物的赞誉，但终未出仕。这首诗赞扬孟浩然不愿仕宦、醉酒隐居、风流儒雅的个性和生活。从中二联看，本诗当是在孟浩然离开长安归襄阳后所作。

　　吾爱孟夫子，风流天下闻①。

---

　　① 风流：指孟浩然爱喝酒、吟诗、啸傲林泉的生活行为。

红颜弃轩冕①，白首卧松云②。

醉月频中圣③，迷花不事君④。

高山安可仰⑤，徒此揖清芬⑥。

【翻译】

我敬爱孟夫子，

风流儒雅天下闻名。

年轻时就鄙弃官爵，

白头归隐则与松云为邻。

爱玩明月，经常沉酣在醉乡；

迷恋花木，不愿效力于国君。

仰慕您的高风却哪能学到？

我只能深深地礼赞您的高洁人品！

---

① 红颜：指少年。轩：华美的车子。冕：高级官员戴的帽子。古制：大夫以上的官才能乘轩服冕，后轩冕作为高官的代称。　② 卧：这里借指隐居。　③ 醉月：为月亮所迷醉。中圣：指醉酒。《三国志·魏志·徐邈传》载：当时的酒徒称清酒为圣人，浊酒为贤人。　④ 迷花：迷恋花卉，指对自然景物的热爱。　⑤ "高山"句：《诗经·小雅·车舝》有"高山仰止"之语，意谓对其所崇敬的人像对高山般地仰慕。李白此处则是说，他连把孟浩然作为高山来仰慕都还自惭不够格，极力形容孟浩然的品格不可企及。　⑥ 揖：作揖行礼，这里表示崇敬。清芬：高洁的品格。

黄鹤楼送孟浩然之广陵

　　这首送别诗写于开元十六年(728)前,表现了李白和孟浩然两位诗人的深情厚谊,既朴实明畅,又耐人涵泳,是脍炙人口的名篇之一。黄鹤楼,在今湖北武汉武昌西黄鹤矶上。广陵,今江苏扬州。

　　　　故人西辞黄鹤楼,烟花三月下扬州。
　　　　孤帆远影碧空尽,惟见长江天际流。

【翻译】
　　老朋友挥手东行,
　　告别了黄鹤楼;

在烟花似锦的三月，

顺流飘向扬州。

一片孤独的帆影，

消失在蓝天的尽头；

只望见悠悠江水，

向渺渺天际涌流。

大 堤 曲

开元二十二年(734),李白一度离开安陆(今湖北安陆)北游襄阳(今湖北襄阳)。这首诗当作于李白游襄阳之时,是怀人之作;感情含蓄而深厚。大堤,在襄阳城外,周围有四十多里,商业繁荣。

汉水临襄阳,花开大堤暖。

佳期大堤下,泪向南云满。

春风复无情,吹我梦魂散。

不见眼中人①,天长音信断。

---

① 眼中人:春风无情地吹破幽梦之前在梦中见到的人,也即其所爱的人。

【翻译】

襄阳临近汉水边，

大堤花开春风暖。

我们曾相会在大堤下，

如今却南望云天泪水盈满。

春风又那么无情，

把我的梦魂吹散。

见不到意中的人儿，

天长路远连音信都已隔断。

江 上 吟

　　李白游江夏时有感而作。诗人认为，楚王的豪华不能长在，而屈原的光辉永垂不朽。表现了他藐视富贵的高傲精神。本篇题目一作《江上游》。江，指汉江（汉水）。

　　木兰之枻沙棠舟①，玉箫金管坐两头②。
　　美酒樽中置千斛③，载妓随波任去留。

---

　　① 木兰：又名玉兰，落叶乔木，高丈余。沙棠：树名；古代传说，人吃了它的果实，可入水不溺。枻（yì 意）：船桨。木兰枻、沙棠舟，形容船和桨的名贵。　② 玉箫金管：指吹箫、笛等乐器的人。坐两头：列坐在船的两头。　③ 斛（hú 胡）：十斗为斛。

仙人有待乘黄鹤①,海客无心随白鸥②。

屈平词赋悬日月③,楚王台榭空山丘④。

兴酣落笔摇五岳⑤,诗成笑傲凌沧洲⑥。

功名富贵若长在,汉水亦应西北流⑦。

【翻译】

木兰树做桨哟沙棠木为舟,

手拿箫管的乐工坐在船两头。

樽中所须的美酒备有千万斗,

载着歌妓任凭舟船去漂流。

乘黄鹤的仙人并不能得到真的自由,

李白诗选译

① 有待:语出《庄子·逍遥游》,意谓等待外力的帮助。黄鹤:湖北武汉武昌西有武昌山,山西北有黄鹤矶,峭立江中。传说仙人王子安乘黄鹤过此。本句是说:仙人骑黄鹤而飞行,还必须依靠外力(黄鹤)的帮助,并未得到真正的自由。② "海客"句:《列子·黄帝篇》中有则寓言说,古时海边有一个人非常喜欢鸥鸟,每天清晨到海边,与鸥鸟游戏,常有成百白鸥飞集他身旁。这里诗人以海客自比。 ③ 屈平:即屈原,平是名,原是字。悬日月:如日月高悬,光辉四照。 ④ 楚王台榭(xiè谢):指战国时楚王游憩的台榭。台上有屋的叫榭。⑤ 五岳:东岳泰山,西岳华山,南岳衡山,北岳恒山,中岳嵩山,此处泛指山岳。 ⑥ 凌:凌驾的意思。沧洲:泛指江海之地。 ⑦ 汉水:即汉江,源出陕西宁强,东流到襄阳与白河会合,南流由汉阳入长江。

海客却无思虑地随着白鸥嬉游。

屈原词赋如日月高照，

楚王的台榭却只剩下荒丘。

兴浓时落笔可把五岳震动，

诗写成后傲然凌驾沧洲。

功名富贵假如能够长在，

汉水也会向西北倒流。

春夜洛城闻笛

　　这首诗是开元年间李白客居洛阳时所作，表达了诗人对故乡的思念之情。

　　谁家玉笛暗飞声①，散入春风满洛城②。
　　此夜曲中闻折柳③，何人不起故园情④？

---

　　① 玉笛：玉制或镶玉的笛子。　② 洛城：即洛阳。　③ 折柳：意含双关，一方面指《折杨柳》（曲调名，内容多叙离愁别情），一方面又暗含一种习俗：人们临别时折柳相赠，"柳"暗指"留"。　④ 故园情：怀念故乡之情。

【翻译】

那是从谁家的庭院，

暗暗飞出这玉笛声？

它散入春风之中，

飘满了洛阳古城。

今夜听到《折杨柳》的曲调，

谁能不涌起思乡之情？

太 原 早 秋

本篇是开元二十三年(735)李白与友人元演同游太原(今山西太原)时所作。这年夏天他到太原,写此诗时已是秋天。诗中描绘了北方秋天的景色,表现了思归的感情。

岁落众芳歇①,时当大火流②。

---

① 岁落:一年光阴已过去大半。众芳歇:花草树木凋落。
② 大火:星名。即二十八宿的心宿。夏历五月的黄昏,出现于南方,方向最正而位置最高,六月后,偏西而下行。《诗经·豳风·七月》中"七月流火",即指此星。流,指星宿西移。

霜威出塞早①，云色渡河秋②。

梦绕边城月，心飞故国楼③。

思归若汾水④，无日不悠悠⑤。

【翻译】

夏去秋来花草凋落，

这时大火星正向西流。

寒霜的严威在边塞来得真早，

渡过黄河云色已全被秋气浸透。

梦绕着边城的明月，

心儿却飞到故乡的楼头。

思归的心情好似汾水，

没有一天不悠悠长长。

① 塞：关塞。这句意思是雁门关一带霜露降得早。太原在雁门关之南。 ② 河：黄河。此句是说晋西黄河一带已是秋天。 ③ 故国：指故乡（此时李白家居安陆，此处当指安陆一带）。 ④ 汾水：源出山西宁武西南，南流经太原，又西南流至河津入黄河。 ⑤ 悠悠：水流悠长貌。这里以汾水的悠长形容自己忧思之长。

五月东鲁行答汶上翁

这首诗是开元年间李白初到东鲁时所作。东鲁：指今山东曲阜一带地方。汶：汶水，即大汶河，在山东境内。在这首诗中，诗人自比鲁仲连，表示不屑于苟求富贵、以阿谀猎取功名，而要发挥自己的政治才能，施展宏图。

五月梅始黄，蚕凋桑柘空①。鲁人重织作，机杼鸣帘

---

① 蚕凋：指蚕事已毕。桑柘(zhè 浙)：桑是桑树，柘是柘树，又名黄桑。两种树的叶子都可以饲蚕。

栊①。顾余不及仕,学剑来山东②。举鞭访前途③,获笑汶上翁④。下愚忽壮士⑤,未足论穷通⑥。我以一箭书,能取聊城功。纵然不受赏,羞与世人同⑦。西归去直道,落日昏阴虹⑧。此去尔勿言⑨,甘心如转蓬⑩。

---

① 机杼:机、杼都是织布机的重要组成部分,这里借指织布机。栊(lóng 龙):窗户。这句是说织布声是从窗户里传出来的。 ② 山东:唐代的山东指华山以东的广大地区。 ③ 访前途:问路。 ④ 获笑:受到嘲笑。 ⑤ 下愚:儒家学说将人分为三等,把其认为天生属于下等、愚蠢不改变的人称为下愚。《论语·阳货》:"唯上知与下愚不移。"李白在此处用以指汶上翁。忽:轻视。壮士:指自己。 ⑥ "未足"句:不足以此来论定一个人的穷通。意为被下愚所讥笑不能算穷,被他所尊重也不能算通。通:亨通,得意。 ⑦ "我以"四句:据《史记·鲁仲连传》载:战国时,燕将攻下齐聊城,因被谗言,不敢回燕。后齐国田单进攻聊城,经过一年多未攻下,死伤很多。鲁仲连便写了一封信缚在箭上射进城里,说明死守没有出路。燕将见了鲁仲连的信连哭三日,就自杀了。接着田单攻下聊城。齐王准备给鲁仲连封官,鲁仲连不接受,以为与其富贵而屈于人,不如贫贱而逍遥自在。这里李白以鲁仲连自比。 ⑧ "落日"句:落日昏于阴虹。隐喻当时政治黑暗,以致他的才能无法施展。阴虹即霓。古人认为虹分雌雄,色鲜明的为雄,色暗的为雌,也即霓。霓为阴气,日为阳气。阴虹使落日昏暗,是阴气极盛而侵害了阳。根据古代的"天人感应"学说,政治黑暗就会造成阴气极盛而侵害阳的现象。 ⑨ 尔:指汶上翁。 ⑩ 转蓬:随风飘转的蓬草。

【翻译】

五月里梅子开始发黄，

蚕事完毕桑柘叶被采空。

鲁地人注重纺织，

机杼声透出家家的窗栊。

只为我不能走上仕途，

为学剑术而来到山东。

举起马鞭向人问路，

却不料遭到汶上翁的嘲弄。

下愚之辈轻忽壮士，

不值得以此来判断穷困或亨通。

我能像鲁仲连那样把书信附在箭上，

获得攻下聊城的大功。

最终不接受君王的赏赐，

只因羞与流俗之人相同。

我将要踏上大道向西去，

阴虹把落日掩得昏蒙蒙。

此去你不用向我多说，

甘心情愿如飘转的飞蓬。

南陵别儿童入京

  天宝(742—755)初,唐玄宗下诏,征李白入
京。当时李白已过四十岁,奔走多年终于获得
仕宦京都的机会,心情的兴奋是可以想见的。
他在南陵(今山东曲阜附近)与家人告别时写下
此诗。诗写得情景交融,酣畅淋漓地抒发了诗
人狂喜的心情。

  白酒新熟山中归,黄鸡啄黍秋正肥。
  呼童烹鸡酌白酒①,儿女嬉笑牵人衣。

---

① 童:家童,在家庭中从事劳动的奴隶。

高歌取醉欲自慰,起舞落日争光辉①。

游说万乘苦不早②,著鞭跨马涉远道③。

会稽愚妇轻买臣④,余亦辞家西入秦⑤。

仰天大笑出门去,我辈岂是蓬蒿人⑥!

【翻译】

白酒初酿成时我从山中返回,

啄着黍米,黄鸡在秋天长得正肥。

要童儿把鸡烹熟再将白酒斟满,

牵着我的衣服,儿女们欢笑喧嬉。

高歌痛饮啊,要用酣醉来自慰,

纵情起舞啊,要与落日争光辉。

我因不能尽早游说皇帝而苦恼,

却终将跨马挥鞭跋涉于远道。

---

①"起舞"句:酒酣后翩然起舞,似与落日争辉。 ②"游说"句:苦于没有早一些向皇帝游说。游说(shuì 税):古代策士向统治者陈述政治主张。万乘(shèng 胜):指皇帝。周代制度,天子有兵车万乘。 ③著鞭:握鞭。 ④"会稽"句:汉代会稽郡朱买臣的妻子瞧不起不得志的丈夫,嫌他贫贱而离开了他。后来朱买臣受到汉武帝的重用,做了会稽太守(见《汉书·朱买臣传》)。这里借用朱买臣的典故,写自己终于等到了得以施展政治抱负的机会。 ⑤秦:指长安,唐朝的首都;其地在春秋、战国时属于秦国。 ⑥蓬蒿人:草野间的平庸之辈。

会稽的愚妇轻视朱买臣，
我如今也西入长安辞别家庭。
仰天大笑着出门而去，
像我这样的岂是草野之人！

蜀　道　难

　　《蜀道难》,乐府相和歌辞旧题。齐梁以来,
诗人多以此题描写蜀道的艰险。李白此诗无论
在思想性或艺术性上都远远超出了以往的同类
作品。诗人大体按照由古及今、自秦入蜀的路
线,抓住沿途各处的景色特点来展示蜀道之难和
山势的高危;用泼墨山水式的笔力,酣畅淋漓地描
绘出山川的壮丽;以丰富的想象,将神话、传说与
现实融为一体。诗人还设想,万一有人据险守关,
便会为非作歹,从中寄寓了他对时局的关切。全
诗句式长短错落,音节铿锵有力,气势磅礴,豪迈
奔放,确实堪称李白浪漫主义诗篇的代表作。其
诗意则与《送友人入蜀》相近,可能是前后之作。

噫吁嚱①,危乎高哉! 蜀道之难,难于上青天! 蚕丛及鱼凫②,开国何茫然。尔来四万八千岁③,不与秦塞通人烟④。西当太白有鸟道⑤,可以横绝峨眉巅⑥。地崩山摧壮士死⑦,然后天梯石栈相钩连⑧。上有六龙回日之高标⑨,下有冲波逆折之回川⑩。黄鹤之飞尚不得过⑪,猿猱欲度愁攀援⑫。青泥何盘盘⑬,百步九折萦岩峦。

① 噫吁嚱(xī 西):惊叹声。 ② 蚕丛、鱼凫:传说中古代蜀国的两个国主。 ③ 尔来:自那时以来。 ④ 秦塞:秦地。今陕西一带。 ⑤ 鸟道:只有鸟才飞得过的路;意为路狭隘而险峻。 ⑥ 横绝:这里指度过。 ⑦ "地崩"句:相传秦惠王送给蜀王五个美女,蜀王派五位壮士去迎取。行至梓潼时,看见一条大蛇进入洞穴,壮士们拽蛇引起山石崩裂,压死了五位壮士和美女。从此,险峻的高山分为五岭(见《华阳国志·蜀志》)。 ⑧ "然后"句:从此以后,秦蜀两地才有栈道相连。天梯:高峻的山路,像上天的梯子;形容栈道的险峻。石栈:山岩间凿石架木搭成的栈道。 ⑨ 六龙:古代神话传说,羲和驾着六条龙拉的车子载着太阳在空中运行。回日:太阳的车子过不去,不得不返回。高标:高峰。 ⑩ 逆折:倒流。回川:旋转的水流。 ⑪ 黄鹤:即黄鹄,一种善飞的大鸟。 ⑫ 猿猱(náo 挠):两种猿类动物,动作敏捷,善于攀援。 ⑬ 青泥:岭名,在陕西略阳西北,是由秦入蜀的要道。盘盘:曲折迂回的样子。

扪参历井仰胁息①,以手抚膺坐长叹②。问君西游何时还?畏途巉岩不可攀③。但见悲鸟号古木,雄飞雌从绕林间。又闻子规啼夜月④,愁空山。蜀道之难,难于上青天!使人听此凋朱颜⑤。连峰去天不盈尺⑥,枯松倒挂倚绝壁。飞湍瀑流争喧豗⑦,砯崖转石万壑雷⑧。其险也若此,嗟尔远道之人胡为乎来哉!剑阁峥嵘而崔嵬⑨,一夫当关,万夫莫开⑩。所守或匪亲,化为狼与豺⑪。朝

①"扪参"句:意为由秦入蜀,在高山上攀附着行进,就像在天上攀着参宿和井宿行走一样。蜀道如此高峻,仰面而望,使人紧张得连气都不敢出。参:指参宿七星,即猎户星座;井:指井宿八星,即双子星座。古代迷信,以为天上的若干星宿与地上的若干地区相应,由此而认为参属秦的分野(即与秦相应),井属蜀的分野,由秦入蜀,即由参到井。胁息:屏住呼吸,不敢出气。 ②膺(yīng 应):胸口。 ③巉(chán 馋)岩:山石高峻貌。 ④子规:鸟名,即杜鹃,又名杜宇。相传为蜀君望帝所化,鸣声哀切,声如"不如归去"。 ⑤凋朱颜:失去了青春的容貌。 ⑥"连峰"句:山峰连着山峰,离天不到一尺远。 ⑦飞湍:瀑布,喧豗(huī 灰):喧闹声。 ⑧砯(pēng 烹)崖:飞湍激流撞击崖石。 ⑨剑阁:又名剑门关,即今四川剑阁大小剑山之间的一条栈道,全长三十里。峥嵘:山峰高耸貌。崔嵬:高而不平貌。 ⑩"一夫"两句:一人把守关口,万人也攻不破。 ⑪"所守"两句:假若不是亲信把守,就会变成如狼似豺的作乱者。这几句出于张载的《剑阁铭》:"一人荷戟,万夫趑趄。形胜之地,非亲勿居。"

避猛虎，夕避长蛇；磨牙吮血①，杀人如麻。锦城虽云乐②，不如早还家。蜀道之难，难于上青天！侧身西望长咨嗟③。

【翻译】

　　呵呵，好高啊好险，

　　蜀道艰难啊，难于上青天！

　　蚕丛和鱼凫这两个蜀王，

　　他们的开国史何其渺茫难辨！

　　那以后的四万八千年，

　　一直不与秦地通人烟。

　　西对着太白山有一条鸟道，

　　可以横渡到峨眉山巅。

　　山崩地陷压死了壮士，

　　才有这天梯石栈把秦蜀相连。

　　上有隔断天路的高峰，

---

　　① 吮(shǔn 顺上声)：吸。　② 锦城：即锦官城，故址在今四川成都东南。诗中的锦城，指代成都。　③ 长咨嗟：深长的叹息。

六龙也只得载着太阳往回转。

下有曲折险峻的大川，

波涛汹涌激流旋。

黄鹤要飞尚且飞不过，

猿猱想逾越更是难而又难。

青泥岭多么纡曲，

岩峦萦回百步九折弯。

仰头屏息摸着星宿往前走，

手按胸口坐着发长叹。

您游历西蜀何时能回还？

这可怕而高峻的道路实在难登攀。

只见古树上群鸟正悲号，

雄飞雌随往返在林间。

又听到夜月下杜鹃的啼叫，

把哀愁传遍了空山。

蜀道艰难啊，难于上青天，

使人听了红颜也要凋残。

连绵的峰峦离天还不到一尺，

倒挂的枯松倚着绝壁。

瀑布飞流争相喧闹声若沸，

冲崖击石促使万壑鸣如雷。

蜀道如此之艰险，

唉，你这远方之人何以要到来？

剑门关崎岖而崔嵬，

一人把关万人也攻不开。

守关之人若非是亲信，

就会变作狼与豺。

早晨要逃避猛虎，晚上要躲避长蛇。

它们磨牙吮血，全都杀人如麻。

锦城虽说很快乐，

但不如早日返回家。

蜀道艰难啊，难于上青天！

我侧身西望啊，不由得慨然长叹。

送友人入蜀

天宝初，李白友人王炎入蜀，诗人在长安为他送行。诗中描绘蜀道的崎岖和艰险，流露出李白对友人的关切之情。

见说蚕丛路①，崎岖不易行。

山从人面起，云傍马头生。

芳树笼秦栈②，春流绕蜀城③。

升沉应已定，不必问君平④。

① 见说：听说。蚕丛路：喻指去蜀地的路。 ② 秦栈：自秦入蜀的栈道。 ③ 春流：春水。这里指流经成都的郫江和流江。蜀城：指成都。 ④ 君平：汉代严遵，字君平，隐居成都，以占卜为业。

【翻译】

听说那入蜀的道路，

崎岖不平难以通行。

高山在面前拔地而起，

云雾在马头周围升腾。

绿树笼罩着秦栈，

春江环绕着蜀城。

升沉俯仰想来已成定局，

不必再去请教那严君平。

乌 夜 啼

　　乐府《西曲歌》调名。据《乐府古题要解》记载，它为南朝宋临川王刘义庆所作。后多用此调写男女分离的痛苦与相思。唐玄宗好大喜功，常常向外发动战争，无数青年男子被驱上战场，这不仅给他们带来灾难，也给后方的妇女造成无穷的痛苦。李白借用乐府旧题，反映征妇的悲痛心情，写得含蓄深沉、凄楚动人。

　　黄云城边乌欲栖①，归飞哑哑枝上啼。

① 黄云：李白《庐山谣寄卢侍御虚舟》："黄云万里动风色。"可见黄云是大风所卷起的。

机中织锦秦川女①,碧纱如烟隔窗语②。
停梭怅然忆远人③,独宿孤房泪如雨。

【翻译】

风卷黄云,城边乌鸦已要栖息,

飞返枝头相互哑哑地鸣啼。

正在机上织锦的这个秦川妇女,

隔着如烟碧纱看到它们在共语。

怅然停机思念远戍的丈夫,

她独宿孤房禁不住泪落如雨。

① 秦川:今陕西渭河流域。织锦:《晋书·列女传》载:窦滔妻苏蕙,字若兰。因窦滔谪居西北边地,"苏氏思之,织锦为《回文旋图诗》以赠滔"。这里借指秦川织女对其远戍的丈夫的思念。 ② 碧纱如烟:指绿纱糊过的窗子像烟云般朦胧。全句是说:隔着如烟的碧色纱窗听到一对乌鸦的啼叫。③ 停梭:停止织布。

春　思

　　这首诗描写一位秦地的女子对远在边塞的丈夫的思念，柔情似水，缠绵婉转，感人至深。诗人通过细腻入微的内心世界的刻画，栩栩如生地展现了一个感情内向、深情坚贞的年轻妇女的形象。

　　燕草如碧丝①，秦桑低绿枝②。
　　当君怀归日，是妾断肠时。

---

　　① 燕草：燕地（今河北北部、辽宁西南部一带）的草。燕地为女子的丈夫征戍之地。　② 秦桑：秦地（在今陕西一带）的桑树。秦地为女子居住之地。

春风不相识,何事入罗帷①?

【翻译】

寒冷的燕地,

春草还似纤细的青丝。

秦地的柔桑,

却已低垂着她那长满绿叶的柔枝。

在夫君盼望返归的那一天,

却正是我的肝肠欲断时。

春风啊,我与你素不相识,

为什么你却要进入我的罗帏?

----

①"春风"两句:脱胎于六朝民歌《子夜春歌》:"春风复多
情,吹我罗裳开。"以春风吹开女子的罗裳以表示男子对她的
爱情。李白的这两句则是暗示女子对丈夫坚贞不贰,不愿接
受其他男子的爱情。罗帷:丝织的围帐。

塞下曲（其一）

　　唐代的《塞上曲》、《塞下曲》，出自汉乐府《出塞曲》、《入塞曲》，属乐府《横吹曲辞》。李白的《塞下曲》共六首，这是第一首。盛唐时期，西北游牧部族与唐王朝之间发生过多次战争。李白在这首诗中，借用历史题材，歌颂了戍边将士不畏艰险、奋不顾身的英雄气概。

　　五月天山雪①，无花只有寒。
　　笛中闻折柳②，春色未曾看。

---

　　① 天山：指祁连山，在甘肃西北部。匈奴人称天为"祁连"，见《汉书·武帝纪》颜师古注。　② 折柳：指《折杨柳》曲，乐府《横吹曲》调名之一。

晓战随金鼓①,宵眠抱玉鞍②。

愿将腰下剑,直为斩楼兰③。

【翻译】

五月的天山,依然风雪迷漫。

没有鲜花,只有严寒。

笛声中听到了春曲《折杨柳》,

可明媚的春光并未来到眼前。

清晨在战鼓声中出战,

寒夜依偎着马鞍入眠。

我愿拔出腰间的利剑,

直捣楼兰,杀敌而还!

塞下曲

---

① 金鼓:以金镶饰的战鼓。 ② 玉鞍:用玉装饰的马鞍。
③ 楼兰:汉代西域国名,在今新疆鄯善东南。据《汉书·傅介
子传》记载,汉昭帝时,楼兰国王交结匈奴,屡次杀死汉朝通
西域的使臣。傅介子奉大将军霍光之命,赴楼兰用计杀死楼
兰王,并把他的首级带回朝廷。本句中的"斩楼兰",是借用
历史典故,泛指消灭侵扰边塞的西北游牧部族首领。

清平调（三首）

《清平调》是唐代大曲名。李白在长安供奉翰林时，有一天唐玄宗与杨贵妃在兴庆宫沉香亭前赏牡丹花，命李白写新乐章，李白奉命写了这三首诗。诗的内容是歌咏名花与美人。第一首赞颂贵妃美如仙女。第二首写贵妃胜过巫山神女和赵飞燕。第三首说名花与美人为君王带来了愉悦。全诗构思精巧，写得清丽自然，咏花咏人，难分难辨，表现出诗人极高的描绘能力。

云想衣裳花想容，春风拂槛露华浓①。

---

① 槛：栏杆。

若非群玉山头见①，会向瑶台月下逢②。

一枝红艳露凝香③，云雨巫山枉断肠④。
借问汉宫谁得似？可怜飞燕倚新妆⑤。

名花倾国两相欢⑥，长得君王带笑看。
解释春风无限恨⑦，沉香亭北倚阑干⑧。

---

① 群玉：山名，神话传说中西王母所居的地方。 ② 会：当，应。瑶台：西王母的宫殿，见《穆天子传》。 ③ "一枝"句：写牡丹花。以花比杨贵妃之美。 ④ "云雨"句：意为在巫山行云作雨的神女看到杨贵妃也要自叹不如，万分悲伤；但无论怎么悲伤也都是徒然的（因为永远不能与杨贵妃比美）。云雨巫山，见宋玉《高唐赋》，据说楚王游高唐，梦见一妇人与其交合，自称："妾在巫山之阳，高丘之岨。旦为朝云，暮为行雨。朝朝暮暮，阳台之下。"枉：徒然。 ⑤ "可怜"句：飞燕，赵飞燕，西汉武帝的皇后，以美貌著名。倚：倚靠。此句说：赵飞燕只有在新妆后才能勉强与杨贵妃相比。 ⑥ 名花：指牡丹花。唐人爱牡丹。倾国：指杨妃。汉朝李延年《佳人歌》歌辞云："一顾倾人城，再顾倾人国。"后人乃以倾国倾城作美女的代称。两相欢：彼此使对方喜欢。这里是说，美人在欣赏牡丹时，心旷神怡，显得更加美丽；牡丹花在美人的映照下，也变得更加好看，好像她也在为美人喜欢。 ⑦ 解释：消除。这句是说面对名花与美人，纵然有无限春愁春恨，都可以消除了。 ⑧ 沉香亭：用沉香木建造的亭子，在唐兴庆宫龙池东面。阑干：即栏杆。

【翻译】

彩云像衣服，花儿像面容，

好像牡丹带露沐浴着春风。

如果在群玉山头见不到她，

那么在瑶台月下定会相逢。

像一枝红艳的牡丹浴露凝香，

在巫山行云作雨的神女徒然为她断肠。

请问汉代宫妃谁能比得上？

可怜啊，赵飞燕也要靠精心梳妆。

名花与美人相得益彰，

常使君王带笑欣赏。

在沉香亭北倚着栏杆，

消除了春风带来的无限惆怅。

子夜吴歌（其三）

　　《子夜吴歌》原是六朝乐府民歌，相传是晋代女子子夜创造，因产生于吴地，故称《子夜吴歌》，后来凡是运用这种曲调写的，也都称《子夜吴歌》。李白此诗共四首，分咏春、夏、秋、冬四季。本篇为秋歌，描写了长安妇女对远戍丈夫的思念与关切。

　　　　长安一片月，万户捣衣声①。

---

　　① 捣衣：古人作寒衣，先将衣料放在捣衣石上用杵捣，使其平整柔软，然后再裁剪缝制。到了秋天，征人的家属都要为亲人缝制棉衣御寒，所以大家都在捣衣。

秋风吹不尽，总是玉关情①。

何日平胡虏，良人罢远征？

【翻译】

长安一片溶溶月色，

千家万户捣衣声声。

萧萧秋风怎么也吹不尽的，

是对玉门关外亲人的深情。

什么时候才能扫平胡虏，

使丈夫不再远征？

---

① 玉关：即玉门关，在今甘肃敦煌西北，是西出边塞必经之地。

灞陵行送别

　　这是天宝三载(744)李白在灞陵送友人远行时写的诗。因为是写灞陵送别的情景，故以《灞陵行》命名，题目中的"送别"二字则是对主题的补充说明。灞陵在长安东南三十里，附近有灞桥，古人常在此送别。

　　送君灞陵亭①，灞水流浩浩②。
　　上有无花之古树，下有伤心之春草。

---

　　① 亭：这里指驿亭，古时在旅途中供人休息的处所。
② 灞水：源出陕西蓝田东，流经今西安，向北注入渭水。

我向秦人问路歧①，云是王粲南登之古道②。

古道连绵走西京③，紫阙落日浮云生④。

正当今夕断肠处，骊歌愁绝不忍听⑤。

【翻译】

在灞陵驿亭我为您送行，

浩荡的灞水奔流不停。

头上是不能再开花的古树，

脚下是令人伤心的春草青青。

在岔路口我向秦地人询问，

说是远行的王粲当年回望长安，

曾在这条古道上登临。

绵绵的古道啊直通京城，

落日残照，皇宫上正浮云丛生。

在今夜这个使人肠断的时刻，

我又怎忍再听《骊歌》的悲声！

---

① 秦人：秦地人。今陕西一带古为秦国，故称这里的人为秦人。路歧：岔道。 ② "云是"句：秦地人告诉我，这是当年王粲离开长安南奔荆州时登临过的古道。王粲：建安七子之一。东汉末年，长安战乱不停，王粲不得不往荆州以避战乱。离开长安时，他写过一首《七哀》诗，其中有"南登灞陵岸，回首望长安"这样的诗句。 ③ 西京：即长安。 ④ 紫阙：紫禁宫，指皇帝住的地方。浮云生：隐喻奸佞操纵朝政。 ⑤ 骊歌：即《骊驹》之歌，是古人离别时所唱的歌曲。

下终南山过斛斯山人宿置酒

　　终南山在今陕西西安南,唐时名士多隐居于此。斛斯山人是当时居于终南山、复姓斛斯的一个隐士。这首诗写诗人月夜过访斛斯山人,与他一起临风吟唱、饮酒言欢,陶醉于幽美景色中的情形。

　　　　暮从碧山下,山月随人归。
　　　　却顾所来径①,苍苍横翠微②。
　　　　相携及田家③,稚童开荆扉④。

---

　　① 却顾:回头观望。　② 翠微:山色,此指青翠的山岭。
③ 相携:指与月亮相携而行,这是将月亮拟人化。及:到达。
④ 荆扉:柴门。

绿竹入幽径,青萝拂行衣①。

欢言得所憩,美酒聊共挥②。

长歌吟松风③,曲尽河星稀④。

我醉君复乐,陶然共忘机⑤。

【翻译】

傍晚从终南山下来,

山月伴随我同归。

回头观望来时经过的小路,

莽莽苍苍一片青翠。

伴随月光来到田家,

小童出来打开柴扉。

穿过绿竹进入幽静的小路,

下垂的青萝轻拂人衣。

欢然交谈得以小憩,

---

① 青萝:即女萝,一名松萝。一种寄生植物,常自树梢悬垂,状如丝带。行衣:行人的衣服。 ② 挥:《礼记·曲礼》郑玄注:"振去余酒曰挥。"后来引申为饮酒之意。 ③ "长歌"句:在长歌的时候,松风亦在高吟;意谓歌声和松风交响。乐府琴曲有《风入松》,这里松风也可能指琴曲。 ④ 河星稀:表示夜将尽。河星:银河众星。 ⑤ 陶然:欢乐的样子。忘机:道家术语,心地淡泊、与世无争的意思。

畅饮美酒频频举杯。
放声歌唱与那松风相应，
唱毕时已经云淡星稀。
我喝醉了酒，你也很高兴，
欣喜地一起忘掉世俗名利。

月下独酌（其一）

　　《月下独酌》，是李白在长安供奉翰林时所写的一组诗，共有四首，这里选的是第一首。诗人通过丰富的想象，采用拟人化的手法，把月光和自己的身影写得有情有意，反衬出诗人在人世间的孤独和寂寞。

　　　花间一壶酒，独酌无相亲①。
　　　举杯邀明月，对影成三人。
　　　月既不解饮，影徒随我身。

---

　　① 酌：斟酒、饮酒。

暂伴月将影①,行乐须及春。

我歌月徘徊,我舞影零乱。

醒时同交欢,醉后各分散。

永结无情游②,相期邈云汉③。

【翻译】

花丛中置一壶美酒,

自斟自酌无人可与亲近。

举杯向天邀请明月入席,

加上身影便成了宾主三人。

月儿原不晓得饮酒,

影儿也徒然紧随我身。

只好与月亮、影子暂时作伴,

及时行乐趁此春日良辰。

我引吭高歌月儿也似在徘徊,

我飘然起舞身影也随之零乱。

醒时我们同饮同乐,

醉了便与影儿月儿各自分散。

我愿和你们永结为忘情的好友,

相约共赴那浩渺的天河岸边。

① 月将影:月和影。"将"字在李白诗中常作"和"字、"与"
字用。 ② 无情:忘情。指忘却世俗之情。 ③ 云汉:天河。

大车扬飞尘（《古风五十九首》其二十四）

李白作有《古风五十九首》，这是其中的第二十四首。因其第一句为"大车扬飞尘"，后人也常以此句作为这一首的标题。当时唐玄宗宠信太监，且爱好斗鸡的游戏。因此，宦官固然地位显赫，声势逼人；斗鸡也成为一时风尚，有些人因善斗鸡而飞黄腾达。以致有民谣说："生儿不用识文字，斗鸡走马胜读书。"李白此诗尖锐地揭露了这种腐败现象。

大车扬飞尘，亭午暗阡陌。
中贵多黄金①，连云开甲宅。

---

① 中贵：宫中贵幸的太监。

路逢斗鸡者,冠盖何辉赫①。

鼻息干虹霓,行人皆怵惕。

世无洗耳翁②,谁知尧与跖③!

【翻译】

飞驰的车辆扬起一阵阵灰尘,

道路在中午也变得昏暗不明。

有权势的太监黄金真多,

豪华住宅盖得高耸入云。

在路上遇到的斗鸡之徒,

车马、衣冠都辉赫惊人。

呼出的气冲断了天上彩虹,

走路的人哪个不恐惧万分!

现在已没有洗耳的许由,

谁分得清跖为大盗,尧是圣君!

①辉赫:光辉显赫,形容其冠盖的华美高贵。 ②洗耳翁:尧时的隐士许由。据《高士传》载,尧想让位给许由,许由听到后就把此事告诉给朋友巢父。巢父责怪许由不能藏身隐形,不配做他的朋友。许由也认为自己去听这种话是很不应该的,有负友人,就走到清冷的水边去洗耳朵。 ③尧:古代的贤明君主。跖(zhí 直):又称盗跖,古代著名的大盗。

白云歌送刘十六归山

  这首诗是天宝初年李白在长安时送友人回南方归隐而作。刘十六的名字不详。"十六"是其在家族中兄弟间排列长幼的次序数,唐时常用这种次序数来称呼人。

  楚山秦山皆白云①,白云处处常随君。
常随君,君入楚山里,云亦随君渡湘水②。

---

  ① 楚:这里指今湖南地区,湖南古属楚地。秦:这里指长安一带,古属秦地。 ② 湘水:即湘江,发源于广西兴安阳海山,入湖南境,北流至长沙入洞庭湖。

湘水上，女萝衣①。

白云堪卧君早归②。

【翻译】

楚山秦山都笼罩着白云，

处处白云都经常与您相伴随。

经常与您相伴随，

您进入楚山里，

她也随您一起渡湘水。

湘水上，披着女萝衣，

白云下隐居真幽美，

等着您，早早归！

---

① 女萝衣：屈原《九歌·山鬼》："若有人兮山之阿，被薜荔兮带女萝。"以女萝为衣，形容隐士隐居山林的生活。 ② 卧：指隐居。

翰林读书言怀呈集贤诸学士

　　此诗作于李白在朝遭谗之后。李白性格傲岸清高，不拘礼法，因此遭到权贵的嫉妒与谗毁。这种令人窒息的宫廷生活，迫使诗人产生了浪迹林壑的念头，希望能像前贤那样功成身退，去过隐居生活。翰林，指翰林院，李白供奉翰林时所在的官署。集贤，指集贤殿书院，唐文学三馆之一，掌理秘书图书等事。

　　晨趋紫禁中①，夕待金门诏②。观书散遗帙③，探古

---

　　① 紫禁：指皇帝所在的紫禁宫。　② 金门：即金马门，汉宫门名。汉代东方朔、主父偃等曾待诏于此。这里指翰林院。③ 帙：书套。

穷至妙。片言苟会心，掩卷忽而笑。青蝇易相点①，《白雪》难同调②。本是疏散人，屡贻褊促诮③。云天属清朗④，林壑忆游眺。或时清风来，闲倚栏下啸⑤。严光桐庐溪⑥，谢客临海峤⑦。功成谢人间，从此一投钓。

【翻译】

早晨到宫廷里朝见皇帝，

夜晚在翰林院等待宣召。

博览群籍，一部部打开书套；

探讨古史，穷究宇宙的秘奥。

① 青蝇：比喻小人。陈子昂《感遇》诗："青蝇一相点，白璧遂成冤。" ②《白雪》：古曲调名。属高雅类的曲调。宋玉《对楚王问》："客有歌于郢中者，其始曰《下里巴人》，国中属而和者数千人；……其为《阳春》《白雪》，国中属而和者不过数十人。" ③ 贻：招致。褊促：心胸狭隘。 ④ 属：适、当的意思。 ⑤ 啸：撮口吹出声音。 ⑥ 严光：字子陵，东汉初隐士。少时曾与光武帝刘秀同游学，有高名。后刘秀称帝，严光改名隐遁。刘秀派人寻访，征召到京，授谏议大夫。不受，退隐于今浙江桐庐南富春江。后称他居游之地为严陵山、严陵濑、严陵钓坛。详见《后汉书·隐逸传》。 ⑦ 谢客：即谢灵运，小名客儿，南朝宋时诗人。平生好游山玩水，且以山水诗著名。临海峤：谢灵运作有《登临海峤初发疆中作与从弟惠连见军何共和之》诗。临海：郡名，在今浙江临海。峤（jiào 叫）：尖峭的高山。

如从片语只言中获得启示，

我就合上书发出会心微笑。

洁白的玉石容易被苍蝇玷污，

高雅的《白雪》难以获得同调。

我生性疏放不拘礼法，

却屡次被目为狭隘遭受讥嘲。

现在的时节正是气清天朗，

我回忆着在山林间游览的美好：

有时候清风徐徐吹来，

悠闲地依着栏杆长啸。

严光栖隐在富春江畔，

谢客也曾登上临海峤。

一旦成功我就要辞别世俗，

从此垂钓江边自在逍遥。

玉 壶 吟

　　这首诗当写于李白被放出朝的时候。诗中
叙述了他在长安的遭遇。《世说新语·豪爽》
载，东晋大将军王敦当酒醉后，常吟唱曹操"老
骥伏枥，志在千里；烈士暮年，壮心不已"的诗
句，一边唱，一边用如意敲打吐痰用的壶，壶口
都让他敲破了。这首诗的题名，即根据这个故
事而来，借以表达其慷慨激昂而壮志难酬的
情怀。

烈士击玉壶①,壮心惜暮年。

三杯拂剑舞秋月,忽然高咏涕泗涟②。

凤凰初下紫泥诏③,谒帝称觞登御筵。

揄扬九重万乘主④,谑浪赤墀青琐贤⑤。

朝天数换飞龙马⑥,敕赐珊瑚白玉鞭。

世人不识东方朔,大隐金门是谪仙⑦。

西施宜笑复宜颦,丑女效之徒累身⑧。

------

① 烈士:忠诚刚烈之人。古代称那些为了声名、抱负或某种道德观念而不惜牺牲自己的财产、生命等的人为烈士。② 涕泗:眼泪和鼻涕。 ③ "凤凰"句:《十六国春秋》载,后赵武帝石虎在戏马观上设一只可回转的木凤凰,口中衔五色诏书。紫泥:古人书信用泥封,泥上盖印。汉卫宏《汉旧仪》载,皇帝的诏书用武都(今甘肃武都县)紫水产的泥来封,故诏书也称紫泥。本句意为:木凤凰刚衔下紫泥封的诏书,也即朝廷刚下诏书之意。 ④ 揄扬:赞扬、称颂。九重:指皇帝居住的宫殿。 ⑤ 谑浪:戏谑。赤墀:宫殿前的赤色台阶。青琐:皇帝宫殿门户上的青色连琐花纹。 ⑥ 飞龙马:朝廷飞龙厩养的马。按当时惯例,翰林学士可借飞龙马。 ⑦ 东方朔:汉代文人,在汉武帝时任太中大夫。《史记·滑稽列传》载:他曾作歌道:"陆沉于俗,避世金马门。宫殿中可以避世全身,何必深山之中,蒿庐之下?"以为在朝做官也是避世。金门:即金马门,汉宫门名。 ⑧ 西施:春秋时越国美女,因患心痛而常皱眉捧心,别人以为她的这种姿势很美。邻居丑女也学起西施的样子,邻人因其更丑而纷纷逃避。事见《庄子·天运》。颦:皱眉。

君王虽爱蛾眉好，无奈宫中妒杀人。

【翻译】

烈士敲击着玉制的唾壶，

暮年的悲哀袭击着英雄的心田。

酒过三杯，对着秋月拂剑起舞，

高声吟诵曹操的诗句涕泪涟涟。

当那色彩缤纷的凤凰，

刚衔着紫泥封的诏书将我召宣，

我曾经拜谒天子，

在御宴上高高举起酒盏。

我歌颂深居九重的天子，

与朝中贤臣互相戏谑，亲密无间。

几次换乘飞龙马上朝见驾，

圣上赐给我珊瑚白玉制的马鞭。

世人不知我就是今天的东方朔，

——高隐朝中的谪仙。

美丽的西施宜笑也宜颦，

丑女想仿效她却更显得可憎。

君王虽然喜爱蛾眉的姣好，

怎奈宫中的妒忌令人惊心。

送贺宾客归越

　　天宝二载(743)十二月,太子宾客(官名)贺知章请求出家为道士,并返回家乡。知章为越州永兴(今浙江萧山)人,与李白为忘年交。天宝三载春天,知章从长安启行,李白特作此诗为他送行。

　　镜湖流水漾清波①,狂客归舟逸兴多②。

---

　　① 镜湖:即鉴湖,在今浙江绍兴。贺知章归越,玄宗特赐镜湖一角供他晚年娱乐。　② 狂客:贺知章自号"四明狂客"。逸兴:超凡脱俗的兴致。

山阴道士如相见，应写黄庭换白鹅①。

【翻译】

镜湖流水荡漾着清波，

归舟上的狂客逸兴勃勃。

山阴道士如果与您相见，

定请您书写《黄庭》来换白鹅。

---

①"山阴"两句：王羲之酷爱白鹅，听说山阴有一道士养的鹅好，便亲往观赏，并执意向道士要鹅。道士回答说，如果你肯为我书写《黄庭经》，我便把这群鹅都送给你。见《晋书·王羲之传》。贺知章也是书法家，李白借用这个典故，称赞他的字写得好。

忆东山二首（其一）

　　这首诗是李白在长安遭受谗言，被玄宗疏远后，将要离开长安时所作。东山，是东晋谢安隐居的地方，在今浙江上虞西南。此诗借怀念东山，表现了诗人欲离朝归隐的思想感情。

　　　不向东山久，蔷薇几度花①。

　　　白云还自散，明月落谁家②？

---

　　① 蔷薇：据《会稽志》卷十三载，东山旁有蔷薇洞，相传是谢安游宴的地方。　② 白云、明月：又据上书，东山上有谢安修建的白云、明月二堂。此诗中的明月及蔷薇、白云均有双关意义。

【翻译】

　　不去会稽东山已经很久，

　　蔷薇洞旁的蔷薇已几番开花。

　　白云堂上的白云自聚自散，

　　明月堂前的明月落入了谁家？

登 太 白 峰

太白峰，在今陕西武功南九十里，是秦岭著名秀峰，高耸入云，终年积雪。俗语说："武功太白，去天三百。"李白在此诗中表达了他既向往自由、想摆脱尘世的束缚，而又留恋现实社会的矛盾心情。

西上太白峰，夕阳穷登攀。
太白与我语①，为我开天关。
愿乘泠风去②，直出浮云间。
举手可近月，前行若无山。

---

① 太白：星名，即金星。 ② 泠（líng 零）风：微风，和风。

一别武功去，何时复更还?

【翻译】

向西攀登太白峰，

在夕照中才登上峰巅。

太白星向我问候，

说是要为我打开天关。

我愿乘着清风，

飞行在那浮云间。

举手就可接近月亮，

向前行进似乎再无山峦阻拦。

可是，一旦离开武功远去，

何时才能回返?

登 新 平 楼

　　新平，唐郡名，又称邠（bīn 彬）州，即今陕西邠县。这是作者登新平城楼时远望帝都长安所见的景象。

　　　　　　去国登兹楼①，怀归伤暮秋。

　　　　　　天长落日远，水静寒波流。

　　　　　　秦云起岭树②，胡雁飞沙洲③。

　　　　　　苍苍几万里，目极令人愁。

---

　　① 去国：离开国都。兹楼：指新平城楼。兹：此。　② 秦云：秦地的云。新平等地，在先秦时均属于秦国。　③ 胡雁：北方的大雁。

【翻译】

　　离开首都,登上这新平城楼,

　　欲归不得,面对这寥落暮秋。

　　天空辽阔,夕阳在远方落下,

　　寒波微澜,河水在静静淌流。

　　云朵似乎从高山的树林上升起,

　　北来的大雁飞落在沙洲。

　　那苍苍茫茫的数万里大地,

　　一望无边更使我忧愁。

行路难（选二首）

其 一

　　李白的《行路难》共有三首，均写于天宝三载(744)李白离开长安以后。现选入两首。天宝元年(742)，李白满怀豪情来到长安。唐玄宗叫他供奉翰林，诗人得到的不过是御用文人的待遇，宏大的理想和热切的期望都化为泡影。诗人又受谗言离间，被迫离开长安。这首诗以乐府《杂曲歌辞》旧题，抒发了诗人理想得不到实现的愤慨心情，和他对理想的执著追求，表现出一种挣脱困境与苦闷的顽强进取精神。

金樽清酒斗十千①,玉盘珍羞直万钱②。

停杯投箸不能食③,拔剑四顾心茫然。

欲渡黄河冰塞川,将登太行雪满山。

闲来垂钓碧溪上④,忽复乘舟梦日边⑤。

行路难,行路难! 多歧路,今安在?

长风破浪会有时⑥,直挂云帆济沧海⑦。

【翻译】

金樽中清冽的美酒每斗万钱,

同样昂贵的佳肴堆满玉盘。

我却推开杯筷拔剑而起,

环视四周,心绪茫然。

我欲东渡黄河却有严冰阻塞,

想要攀登太行偏遇大雪封山。

我在碧溪上悠闲地垂钓,

---

① 樽:古代盛酒器具。 ② 直:值。 ③ 箸(zhù 住):筷子。
④ 垂钓碧溪:据《韩诗外传》卷八,吕尚未遇周文王以前,曾在磻溪(今陕西宝鸡东南)钓鱼,后被周文王举用。 ⑤ 乘舟梦日:《宋书·符瑞志》载,伊尹在受成汤聘用之前,曾经梦见自己乘船绕日而过。 ⑥ 长风破浪:《宋书·宗悫传》:宗悫年少时,叔父宗炳问他志向,宗悫回答说:"愿乘长风,破万里浪。"
⑦ 济:渡。

却又梦见自已乘船来到太阳边。

人生的路何其艰难,何其艰难!

到处是歧途,哪里有大路朝天?

终有一日我会乘风破浪,

在沧海中扬起一片云帆。

其　二

　　这首诗借冯谖弹铗、韩信被辱、贾谊遭妒等典故,表现了诗人在长安被权臣谗毁,为世人讥笑的遭遇,慨叹世无燕昭王那样礼贤下士的君主,故风云际会无望,唯有归隐。

大道如青天,我独不得出。

羞逐长安社中儿①,赤鸡白狗赌梨栗②。

弹剑作歌奏苦声③,曳裾王门不称情④。

---

　　① 社:古代以二十五家为一社。社中儿:指地方上的少年。　② 赤鸡白狗:古代有斗鸡走狗的博戏,这里指博戏中所用的鸡、狗。梨栗:这里指赌注。　③ 弹剑作歌:据《史记·孟尝君列传》,战国时,冯谖在孟尝君门下做食客,屡次弹剑作歌,对孟尝君给予的生活待遇表示不满。　④ 曳裾:拉起衣服的前襟。曳裾王门,指奔走于王侯、显贵之门。

淮阴市井笑韩信①,汉朝公卿忌贾生②。

君不见,

昔时燕家重郭隗,拥彗折节无嫌猜;

剧辛乐毅感恩分,输肝剖胆效英才③。

昭王白骨萦蔓草,谁人更扫黄金台?

行路难,归去来!

---

　　①"淮阴"句:汉初大将、淮阴人韩信,早年曾受市井无赖少年的侮辱,被迫从他们胯下匍匐爬过,受到市人的嘲笑。事见《史记·淮阴侯列传》。　②贾生:即贾谊。谊二十多岁被汉文帝召为博士,不满一年迁为太中大夫。文帝又打算任贾谊为公卿,引起权臣的忌害,后文帝也疏远了他,出为长沙王太傅。事见《史记·屈原贾生列传》。　③"昔时"四句:据《战国策·燕策》载,战国时,燕昭王想要招致天下贤士,使燕强大起来。郭隗说:"古代有位君主用五百金买了一副千里马骨头。天下人听说他不惜出重金求好马,不到一年,就送来三四千里马。今天君王要招致贤才,不如从我做起,这样,比我贤能的人就会不远千里前来归附。"昭王遂重用郭隗,为他修筑了宫室。又筑一座高台,上置黄金,称为"黄金台"(故址在今河北易县),广招天下贤士。不久,乐毅、剧辛、邹衍等人纷纷来到燕国。邹衍到燕国时,昭王亲自拿着扫帚(即彗)为他清扫道路。在清扫时,为了不使灰尘飞扬而影响邹衍,昭王用衣袖裹住扫帚,此即所谓拥彗。后剧辛任国政,乐毅任大将军,为燕国攻下齐国七十余座城池。

【翻译】

大路像青天一样宽广，

我却处处碰壁，寸步难行！

羞于追逐长安街上的少年，

斗鸡走狗，以梨栗来赌输赢。

弹剑作歌，我心中充满苦闷，

出入权门，怎合我高傲性情？

淮阴市井小儿曾嘲弄过韩信，

汉朝的达官贵人则忌恨贾生。

君不见：昔日的燕昭王重用郭隗，

为邹衍亲自清扫道路，相待以诚。

剧辛、乐毅感激昭王的情意，

赤胆忠心献出自己杰出才能。

而今昭王坟上长满了荒草，

有谁肯将黄金台重新扫净？

世路如此艰难，我还不如再去归隐！

梁 园 吟

　　这首诗一名《梁苑醉酒歌》。梁园,一名梁苑,汉代梁孝王所建。故址在今河南商丘东。天宝三载(744),李白被放,离长安东归,与杜甫、高适同游梁、宋,写下此诗。诗中抒发了他政治上失意的忧愤。

　　我浮黄河去京阙①,挂席欲进波连山②。天长水阔厌远涉,访古始及平台间③。平台为客忧思多,对酒遂作

---

　　① 浮:浮舟,即坐船。去京阙:离开京都。　② 挂席:挂起风帆。旧时用蒲席作帆,所以称帆为席。　③ 平台:春秋时宋平公所筑的台,故址在河南商丘东北。

《梁园歌》。却忆蓬池阮公咏，因吟"渌水扬洪波"①。洪波浩荡迷旧国②，路远西归安可得？人生达命岂暇愁③，且饮美酒登高楼。平头奴子摇大扇④，五月不热疑清秋。玉盘杨梅为君设，吴盐如花皎白雪⑤。持盐把酒但饮之⑥，莫学夷齐事高洁⑦。昔人豪贵信陵君⑧，今人耕种信陵坟⑨。荒城虚照碧山月⑩，古木尽入苍梧云⑪。梁王

①"却忆"二句：阮公，阮籍，三国时魏诗人。他的《咏怀诗》第二十首说："徘徊蓬池上，还顾望大梁。渌水扬洪波，旷野莽茫茫。" ②国：京都。旧国：即可指旧日的京都，也即阮籍时代的京都（因阮籍"渌水扬洪波"是在那时的京都写的），又可指李白所生活过的京都（因李白现已不在那里了，所以称为"旧"）。此处系一语多关。 ③达命：知命。 ④平头奴子：带平头巾的奴仆。 ⑤吴盐如花：形容吴盐的美。吴语至今犹称盐为盐花。 ⑥持盐：古代吃杨梅要蘸盐而食。把酒：举起酒杯。 ⑦夷齐：伯夷、叔齐，殷末的两个高洁之士，周武王灭殷后，他们因耻食周粟，饿死在首阳山上。见《史记·伯夷列传》。 ⑧信陵君：战国时著名四公子之一，魏国安釐王的弟弟，名无忌。因封于信陵（今河南宁陵），号为信陵君。他在秦国围困赵国首都邯郸时，曾率兵解邯郸之围，又联合五国击退秦的进攻，当时威望很高。他有食客三千，生活豪华。见《史记·魏公子列传》。 ⑨信陵坟：信陵君的坟墓，在今河南开封东。 ⑩虚：空。 ⑪苍梧：山名，又名九嶷山，在湖南宁远南。《太平御览》卷八引《旧藏》说："有白云出自苍梧，入大梁。"苍梧云即指大梁上空的云。

宫阙今安在,枚马先归不相待①。舞影歌声散渌池②,空余汴水东流海③。沉吟此事泪满衣,黄金买醉未能归。连呼五白行六博④,分曹赌酒酣驰晖⑤。歌且谣,意方远,东山高卧时起来⑥,欲济苍生未应晚!

【翻译】

泛舟黄河我离开了长安,

张帆欲进无奈波浪相连如群山。

天长水阔我已厌倦远行,

这才访寻古迹来到平台间。

在平台作客忧思真多,

---

① 枚马:枚乘、司马相如,汉代两位辞赋家,都曾经当过梁孝王的宾客,在梁园住过。待:等待。不相待,指枚、马早已去世。 ② 渌(lù 录)池:清澈的池塘。梁园内有雁池、免渚、鹤州等名胜。 ③ 汴水:又名汴河,故道自河南荥阳东经开封南。 ④ 五白:五子皆白,这是古代一种博戏中的胜彩,所以连呼欲得。六博:也是一种博戏,共有棋十二枚,六白六黑,两人相博,以分胜负。这句形容当时纵情行乐的情景。 ⑤ 分曹:分为若干对。曹:伙,对,此指两人一对。驰晖:飞逝的时光。 ⑥ 东山:东晋谢安曾隐居东山(今浙江上虞东南),后来出仕,为宰相,使东晋得以保持偏安局面。见《晋书·谢安传》。时起来:乘时而起。诗人非常崇拜谢安,此处以谢安自喻。

对酒我写出《梁园歌》。

回想起阮籍的蓬池诗，

因而吟唱"渌水扬洪波"。

洪波浩荡，故国迷茫已难觅；

路途遥远，我欲西归岂可得？

任凭命运摆布哪用发愁，

且上高楼来痛饮美酒。

带平头巾的奴子在一旁摇着大扇，

虽是五月却凉爽如秋。

玉盘杨梅已为你摆设，

吴地盐花皎洁如白雪。

洒盐把杯你且将酒来喝，

别学那伯夷、叔齐追求高洁。

当年那么豪贵的信陵君，

今人却在他坟头上耕耘。

青山上的明月空自照着荒城，

古木却都已高插入云。

梁王宫殿如今又何在？

先逝的枚乘、相如岂能相待！

渌池边歌舞已烟消雾散，

只剩下汴河水东流入海。

沉思着这一切泪水满衣，

黄金买醉未能返归。

连喊五白又用六博来赌，

分组斗酒，沉酣中岁月如飞。

歌唱又吟咏，含意自深远，

高卧东山等待着即将到来的时机，

要想救济人民为时还不晚！

金乡送韦八之西京

　　这首诗是李白在山东时的赠别之作。全诗语言纯真生动，艺术上构思奇警新颖。金乡，在今山东金乡。西京即长安。

客自长安来，还归长安去。
狂风吹我心，西挂咸阳树①。
此情不可道，此别何时遇？
望望不见君，连山起烟雾。

---

① 咸阳：在长安西面。

【翻译】

你是从长安来，

现在又回到长安去。

狂风吹送我思念长安的心，

挂上那咸阳的高树。

我的这种心情难以表达，

此次一别何时能再遇？

我望着、望着终于不见了你，

连绵的山峰却升起一片烟雾。

秋日鲁郡尧祠亭上宴别杜补阙范侍御

　　这首诗是李白与两位友人分别时所作。诗人将主观的情感融注到描写的各种对象之中，摆脱了一般送别的哀怨笔法，写得豪迈乐观，别具一格。杜补阙、范侍御的名字不详。补阙、侍御均是谏官，此处用其所任官职称呼二人。鲁郡在今山东兖州、曲阜一带。尧祠，据《元和郡县志》载：在兖州瑕丘南洙氏之右，约在今兖州东北。

我觉秋兴逸①，谁云秋兴悲②？

山将落日去③，水与晴空宜。

鲁酒白玉壶，送行驻金羁④。

歇鞍憩古木，解带挂横枝。

歌鼓川上亭，曲度神飙吹⑤。

云归碧海夕⑥，雁没青天时。

相失各万里，茫然空尔思⑦。

【翻译】

我觉得秋天带来宁静的兴致，

谁说秋天的感受只是伤悲？

高山将落日带去，

水的澄明正与晴空相宜。

---

① 秋兴：秋天的感受。逸：安。 ②"谁云"句：宋玉《九辨》以"悲哉秋之为气也"开头，接着竭力描写秋天萧瑟悲凉的景象。后代文人常以悲秋作为诗赋的题材。 ③ 将：带。 ④ 驻金羁：即驻马、停马。羁本是马络头，古代诗文中常用以借指马。金羁是形容马络头的华贵，并不一定要用黄金制作。 ⑤ 曲度：曲子的节拍。飙（biāo 标）：疾风。神飙吹：形容音乐的声音如同疾风一样强劲有力。 ⑥"云归"句：指人在水边远望，本有云水相连的感觉，傍晚时由于无法看见远处的云，遂导致云归碧海的错觉。 ⑦"相失"二句：指与友人分别后相隔遥远，纵然想念你们，也是徒然。

晶莹的玉壶盛着鲁地的美酒，

为良友送行大家都暂停金羁。

从马鞍上下来在古树旁憩息，

解下腰带来悬挂在树上的横枝。

在河边亭子里唱歌击鼓，

曲调的节拍如同强风劲吹。

在白云归入碧海的傍晚，

正是大雁在青天消失之时。

分别后各自相隔万里，

我将对你们空自茫然怀思。

鲁郡东石门送杜二甫

　　此诗反映了李白和杜甫两位诗人深厚的友谊。杜甫在家族中排行第二,故称杜二。天宝四载(745)夏天,李白与杜甫同游齐鲁,诗酒唱和,情同手足。同年秋天,二人在鲁郡的石门山分别。此诗就是临别时,李白送杜甫的赠别诗。石门山在今山东曲阜东北。

　　醉别复几日①,登临遍池台。
　　何时石门路,重有金樽开?

---

　　① 醉别:李白离开长安后,在河南与杜甫相识,共同游处。分别后二人又先后来到山东,再次共游。这里是指二人在上一次的分别。

秋波落泗水,海色明徂徕①。

飞蓬各自远,且尽手中杯。

【翻译】

　　自上次在醉中分别,过了不多时日,

　　我们又携手登临,游遍了池水楼台。

　　什么时候还能重聚在石门路上,

　　对饮中畅叙离别后思念的情怀?

　　月下的秋波流入眼前的泗水,

　　海上的晨光照亮远方的徂徕。

　　从此,我们要像飞蓬一样各自远去,

　　朋友,且喝干我们手中的酒杯。

---

　　①"秋波"二句:写两人通夜未眠。泗水:源出山东蒙山,流经曲阜。徂徕:山名,在今山东泰安东南。

沙丘城下寄杜甫

　　李白与杜甫在山东分手之后,杜甫前往长安,李白寓居沙丘城(今山东曲阜一带)。这首诗是李白为怀念杜甫而作,写得朴实无华,一往情深,表达了诗人对杜甫的深挚友谊。

我来竟何事? 高卧沙丘城①。
城边有古树,日夕连秋声②。
鲁酒不可醉,齐歌空复情③。

---

　　① 高卧:高枕而卧,谓闲居无事。　② 日夕:早与晚。秋声:秋季西风渐紧草木零落,多肃杀之声,叫做秋声。　③ "鲁酒"二句:意思是说,因为怀念杜甫,所以饮酒也不能醉,听歌也不受感动。鲁、齐,均指山东。

思君若汶水①,浩荡寄南征。

【翻译】

我为何要来到这里,

闲居在这沙丘城?

城边有一片古树林,

早晚发出瑟瑟的秋声。

鲁酒不能使我沉醉,

齐歌徒然满含深情。

我对你的思念犹如汶水,

浩浩荡荡随君悠悠南行。

———————

① 汶水:即大汶河,是流经山东中南部的主要河流。沙丘城就在汶水附近。

将 进 酒

　　这首诗当是天宝年间李白从长安放还以后，在梁宋一带所作。《将进酒》，为汉鼓吹铙歌十八曲之九，多以饮酒放歌为内容。将（qiāng 枪），请的意思。本诗借饮酒放歌之辞，表现了诗人鄙弃功名富贵、纵酒销愁的愤懑情绪。从此诗可以看出李白离开长安后，内心的痛苦和矛盾。

　　君不见，黄河之水天上来，奔流到海不复回！君不见，高堂明镜悲白发，朝如青丝暮成雪！人生得意须尽欢，莫使金樽空对月。天生我材必有用，千金散尽还复

来。烹羊宰牛且为乐,会须一饮三百杯①。岑夫子②,丹
丘生③,将进酒,杯莫停。与君歌一曲,请君为我倾耳听。
钟鼓馔玉不足贵④,但愿长醉不复醒。古来圣贤皆寂寞,
惟有饮者留其名。陈王昔时宴平乐,斗酒十千恣欢谑⑤。
主人何为言少钱?径须沽取对君酌。五花马⑥,千金裘,
呼儿将出换美酒,与尔同销万古愁。

【翻译】

君不见滔滔黄河水从天上来,

汹涌澎湃,奔流到海不复回!

君不见在高堂上正为变白的头发而搔首忧愁,

清晨还黑如青丝,到夜晚就已雪白!

人生得意时就应尽情欢乐,

不要使酒杯徒然空对明月。

天生我才必有用,

---

① 会须:应该。 ② 岑夫子:名勋,南阳人,李白的朋友。
③ 丹丘生:即元丹丘,也是李白的好友。 ④ 钟鼓馔玉:指豪
门贵戚人家的生活。钟鼓:指古时富贵人家所设音乐。馔:
食物。 ⑤ "陈王"二句:陈王,即曾受封为陈思王的曹植。他
的《名都篇》有"归来宴平乐,美酒斗十千"句。平乐:观名,故
址在今河南洛阳。 ⑥ 五花马:毛色呈五花纹的名马,一说鬃
毛剪成五瓣的马。

千金散尽自然又重来。

杀牛宰羊，且寻欢作乐，

一饮酒就应该干它三百杯！

岑夫子，丹丘生，

请喝酒，杯莫停。

我为二位歌一曲，

二位为我倾耳听：

钟鼓奏乐，美食如玉不足贵，

但愿长此醉倒不再醒！

自古圣人贤人都寂寞地逝去，

只有纵酒的人才留下令人羡慕的声名。

昔日陈思王在平乐观大宴宾客，

斗酒万金尽情地欢谑。

东道主何用说钱少，

尽管去打酒来相对共酌。

我那五花马、千金裘，

叫童儿拿出去换美酒，

我要和你们同销千年万古愁。

西岳云台歌送丹丘子

　　西岳，为五岳之一，即华山，在陕西华阴南。云台，指华山北面的天台峰，其峰顶有若台形，故名。丹丘子，指李白的友人元丹丘，李白与他交往甚密。元丹丘大约在天宝四载（745）前后曾东游蓬莱，隐于山东的东蒙山。不久，元丹丘又离开东蒙回长安，李白作此诗相送。诗人运用丰富的神话传说，并采用大胆的夸张和奇诡的想象，将气势磅礴的黄河和华山写得迷离恍惚，宛然仙界。而在虚无缥缈仙界中的元丹丘，更是仙风道骨，飘然若仙。

西岳峥嵘何壮哉,黄河如丝天际来。黄河万里触山动①,盘涡毂转秦地雷②。荣光休气纷五彩③,千年一清圣人在④。巨灵咆哮擘两山⑤,洪波喷流射东海⑥。三峰却立如欲摧⑦,翠崖丹谷高掌开⑧。白帝金精运元气⑨,

①"黄河"句:黄河万里洪涛,其势可触动山岳。 ②"盘涡"句:说黄河水流湍急,盘旋成深涡,形如车轮旋转,声如秦地雷鸣。涡:水的旋涡。毂:古时车轮中的空心圆木。可以承轴。秦地:华山一带古为秦地。 ③荣光:五色的光。休气:瑞气。古代迷信说法,黄河之上若现五彩灵光,祥云瑞气,则是要出天子的气象。 ④"千年"句:《拾遗记》载古代传说:黄河千年一清,圣王之大瑞也。 ⑤巨灵:指河神。华山对河东首阳山,黄河流于二山之间。传说这两座本为一山,河水过之而曲行,河之神以手擘开其上,以足踏离其下,中分为二,以通河流。手足之迹,于今尚在。 ⑥"洪波"句:指黄河之水喷涌直射东海。 ⑦三峰:华山三峰,西为莲花峰,南为落雁峰,东为朝阳峰,都极高峻。却:后退。摧:倾倒。 ⑧高掌开:华山东北,岩壁黑色,石膏流出,凝结成痕,黄白相间,远远望去,形如巨人的手掌,传说为巨灵的掌迹。 ⑨白帝:即传说的西方之神。道家谓西方五行属金,故称白帝为金之精。华山在西方,故属白帝主宰。元气:道教认为"元气运行而天地立焉",古代朴素唯物论者认为天地未形成前本是混沌一片,中充其气,为元气。元气滋生宇宙万物。

石作莲花云作台①。云台阁道连窈冥②，中有不死丹丘生。明星玉女备洒扫③，麻姑搔背指爪轻④。我皇手把天地户⑤，丹丘谈天与天语⑥。九重出入生光辉⑦，东求蓬莱复西归⑧。玉浆傥惠故人饮⑨，骑二茅龙上天飞⑩。

【翻译】

西岳华山峥嵘耸立，

多么雄壮，多么气派！

① 石作莲花：华山西周山峰形如莲瓣，中间三峰独秀，状如莲心。云作台：即指云台峰。西岳三峰其基坐于云台峰之上，故说云作台。　② 阁道：栈道。窈（yǎo 咬）冥：幽远的天空。　③ 明星玉女：传说太华山上有仙女，曰明星玉女，手中所持玉浆，服之可以成仙。　④ 麻姑搔背：《神仙传》载：麻姑手爪似鸟，蔡经看到后心想，背太痒的时候，得此爪搔背，一定很舒服。　⑤ 我皇：指唐玄宗。当时玄宗崇尚道教、尊事老子。　⑥ "丹丘"句：指丹丘生与唐玄宗谈论天上的情况，句中与天语的"天"指唐玄宗，古代臣子视皇帝为天。　⑦ 九重：天子之门九重。　⑧ 蓬莱：一名蓬壶。方士传说为仙人所居。复西归：指丹丘生东往蓬莱求仙药，后又西归华山。　⑨ 玉浆：丹液。傥：假使。惠：以物分人为惠。这句意为：希望从丹丘生那里分得玉女的玉浆。　⑩ 二茅龙：据《列仙传》卷下呼子先："呼子先者，汉中关下卜师也。老寿百余岁。临去，呼酒家老姬曰：'急装，当与姬共应中陵王。'夜，有仙人持二茅狗来至，呼子先。子先持一与酒家姬，得而骑之，乃龙也。"

黄河从天际飞涌而来，

宛如丝绦，宛如飘带。

黄河奔腾万里，

波浪滔天，撼动山脉。

重重旋涡如车轮转动，

在秦地响起了隆隆巨雷。

黄河曾放灵光，

五彩缤纷，照耀四塞。

每隔千年河水才澄清一次，

那时圣王降临，民安国泰。

河神咆哮着，

用巨灵之掌把首阳山擘开。

河水奔流喷涌直射，

波涛滚滚，飞向东海。

华山三峰高峻奇险，

悬崖绝壁，势将崩坏。

那张开着的巨掌神迹，

在翠崖丹谷间闪光彩。

白帝神以金精运转着元气，

将巨石琢成莲花白云当作台。

云台峰的栈道上接天庭，

其中有延年不老的丹丘生。

明星玉女为他洒扫，

麻姑与他搔背纤手轻轻。

我皇秉持着天地的门户，

丹丘生谈论天上的情况与天共语。

他出入宫廷多么光辉，

在蓬莱求药后重又西归。

倘若肯把玉浆分赐旧友饮用，

我们就同骑着两条茅龙上天飞。

梦游天姥吟留别

诗题一作《梦游天姥山别东鲁诸公》。当为诗人离开东鲁、南下吴越时所作。其时约在天宝五载(746)前后。天姥(mǔ 母),山名,《太平寰宇记》卷九十六引《后吴录》:"剡县(今浙江嵊州)有天姥山,传云登者闻天姥歌谣之响。"这首诗是李白的代表作之一。诗人通过奇异美妙的神仙境界的描绘,抒发了他在济苍生安社稷的追求失败后的苦闷心情。表现了不愿与黑暗现实同流合污、蔑视权贵的高尚精神。艺术上诗人运用奇特的情节、丰富的想象和大胆的夸张,将梦中的仙境和丑恶的现实世界结合对比,将对幻想的追求和人生的探索联系起来,超过了一般山水游仙题材的范围,具有深刻的社会意义。

　　海客谈瀛洲,烟涛微茫信难求①。越人语天姥,云霞明灭或可睹。天姥连天向天横,势拔五岳掩赤城②。天台四万八千丈③,对此欲倒东南倾④。我欲因之梦吴越⑤,一夜飞渡镜湖月⑥。湖月照我影,送我至剡溪⑦。谢公宿处今尚在⑧,渌水荡漾清猿啼。脚著谢公屐⑨,身

---

　　① 海客:海上来的客人。瀛洲:据《海内十洲记》所载,其地在东海中。上生神芝仙草,又有玉石、玉醴,服之可以长生。洲上多仙家,风俗似吴人,山川如中国。烟涛:烟雾苍茫的波涛。微茫:景象不明。信:诚然,的确。 ② 拔:超出。五岳:我国五座大山的总称。即东岳泰山、西岳华山、南岳衡山、北岳恒山、中岳嵩山。赤城:山名,在今浙江天台北。
③ 天台:山名,在今浙江天台北。与天姥山相对。 ④ 此:指天姥山。倾:既指山势的倾向东南,又含有倾倒、拜倒之意。
⑤ 因:依照。之:指越人所谈情景。 ⑥ 镜湖:即鉴湖,在今浙江绍兴。 ⑦ 剡溪:水名,在今浙江嵊州南,即曹娥江的上游。
⑧ 谢公:指南朝著名诗人谢灵运。他常在浙东会稽一带寻幽探胜,天姥峰也是他游览处所之一。 ⑨ 谢公屐:谢灵运游山穿的一种特制的木屐,上山时抽去前齿,下山时抽去后齿。

登青云梯^①。半壁见海日，空中闻天鸡^②。千岩万转路不定，迷花倚石忽已暝^③。熊咆龙吟殷岩泉，栗深林兮惊层巅^④。云青青兮欲雨，水淡淡兮生烟。列缺霹雳^⑤，丘峦崩摧。洞天石扉^⑥，訇然中开^⑦。青冥浩荡不见底^⑧，日月照耀金银台^⑨。霓为衣兮风为马，云之君兮纷纷而来下^⑩。虎鼓瑟兮鸾回车^⑪，仙之人兮列如麻。忽魂悸以魄动^⑫，恍惊起而长嗟。惟觉时之枕席，失向来之烟霞^⑬。世间行乐亦如此，古来万事东流水^⑭，别君去兮何时还？且放白鹿青崖间^⑮，须行即骑访名山。安能摧眉折腰事权贵，使我不得开心颜！

---

① 青云梯：高入青云的山路。　② 天鸡：《述异记》卷下："东南有桃都山，上有大树，名曰桃都，枝相去三千里。上有天鸡，日初出照此木，天鸡则鸣，天下鸡皆随之鸣。"　③ 暝：指天晚。　④ "熊咆"二句：指熊的咆哮、龙的吟啸，声音宏大，使得深林为之战栗，层层的山峰为之震惊。栗，惊，都是使动用法。　⑤ 列缺：闪电。霹雳：雷鸣。　⑥ 洞天：仙人所居之处。石扉：石门。　⑦ 訇（hōng 轰）然：大声。　⑧ 青冥：指天空。　⑨ 金银台：神仙居住的宫阙。　⑩ 云之君：云神。《楚辞·九歌·云中君》篇，专描写云神。这里泛指乘云霓下降的神仙。　⑪ 瑟：古乐器。虎鼓瑟：语出汉代张衡《西京赋》："白虎鼓瑟。"　⑫ 悸：心跳。　⑬ 向来：昔时。　⑭ 东流水：比喻万事一去不返。　⑮ 白鹿：相传神仙喜欢骑白鹿。

【翻译】

海上来客所谈的瀛洲，

烟波渺茫实在难寻求。

越人所讲的天姥，

云霞闪烁也许能目睹。

天姥山高耸入云在天际横列，

它的气势超过五岳压倒了赤城。

天台山高达四万八千丈，

对它也真心拜服倾向东南。

我想因此而梦游吴越，

连夜飞渡镜湖，沐着明月。

湖上月光照着我身影，送我到剡溪。

谢公的住宿处至今犹在，

渌水荡漾，青猿正在长啼。

我穿上谢公特制的木屐，

身登上青云高梯。

半山腰望见大海日出，

高空中听到天鸡鸣啼。

千岩万转道路变幻不定，

赏花倚石忽然日色已暝。

熊吼龙啸，响彻山岩和林泉，

深林战栗，惊恐遍布了层层山巅。

云苍苍啊将要下雨，

水轻轻流动啊若生云烟。

闪电疾雷，山峦顷刻崩摧，

神仙洞府的石门，訇然从中打开。

苍苍茫茫的仙界看不见底，

日月照耀着金银台。

彩虹作衣裳啊长风是骏马，

云中的神仙啊纷纷从天上降下。

老虎鼓瑟啊鸾凤驾着车，

仙人的队伍啊密密麻麻。

骤然间魂悸而魄动，

恍然惊起不由得长嗟：

只剩下醒来时床上的枕席，

失却了刚才梦中的烟霞。

世间的赏心乐事也是如此，

古来万物都像是东去的流水。

与你们分别后何时回还？

暂且放白鹿在青崖之间，

要走时就骑上它访求名山。
怎能够低头弯腰侍奉权贵，
使我心中烦闷无欢颜！

经下邳圯桥怀张子房

下邳,古县名,秦置,治所在今江苏睢宁西北。圯(yí夷)桥,在今江苏邳县南。张子房,即张良,字子房,其先人五世为韩相。秦灭韩,张良倾家为韩报仇。得刺客,椎击秦始皇于博浪沙,误中副车。遂变姓名,躲匿在下邳。在这里的一座桥边遇一老人,即黄石公。张良接受老人所赠兵书,于是精娴兵法,辅佐刘邦破项羽,建立汉朝,封留侯(见《史记·留侯世家》)。李白漫游时来到圯桥上,触景生情,写下这首怀古诗,饱含钦慕之情,颂扬了张良的智勇豪侠,同时又暗寓自己怀才不遇的身世感慨。

子房未虎啸①，破产不为家。

沧海得壮士②，椎秦博浪沙。

报韩虽不成，天地皆振动。

潜匿游下邳，岂曰非智勇？

我来圯桥上，怀古钦英风。

唯见碧流水，曾无黄石公。

叹息此人去，萧条徐泗空③。

【翻译】

张子房还没有震动天下，

已耗尽财产不顾身家。

通过沧海君得到了一位壮士，

椎击秦始皇在那博浪沙。

这次为韩国报仇虽没有成功，

举国上下却都为之振动。

为躲追捕来到了下邳，

---

① 虎啸：比喻乘时奋起，震动天下。《北史·张定和传论》："虎啸风生，龙腾云起，英贤奋发，亦各因时。"　② 沧海：仓海君，《史记·留侯世家》集解说是东夷君长。《汉书·张良传》颜师古注认为是当时贤者之号。《史记》、《汉书》沧皆作仓，沧、仓通。　③ 徐泗：下邳原名徐州，唐初改属泗州，元和年间复属徐州。

谁能说他不是大智大勇。
而今我来到圯桥之上，
怀念往事，钦慕他的烈烈英风。
只见碧水向东流逝，
却见不到黄石公。
我为此人的离去长声叹息，
徐泗萧条再也没有英雄。

丁 都 护 歌

　　《丁都护歌》是乐府《清商曲·吴声歌》旧题。据《古今乐录》记载，南朝宋高祖刘裕的女婿徐逵被鲁轨所杀，宋高祖派府内直督护丁旿去办理葬事。徐的妻子向丁旿询问收葬的情况时，每问必叹一声"丁都护"，其声哀切，后人因其声而制曲，题为《丁都护歌》。本篇用旧题写新意，反映民工拖船运石的悲惨生活。

云阳上征去①，两岸饶商贾。

吴牛喘月时②，拖船一何苦！

水浊不可饮，壶浆半成土③。

一唱《都护歌》，心摧泪如雨。

万人凿盘石④，无由达江浒⑤。

君看石芒砀⑥，掩泪悲千古。

【翻译】

从云阳拖着船逆水而上，

江两岸住着许多豪商富贾。

吴牛看见月亮也惊恐气喘，

炎热的盛夏拉纤多么辛苦！

浑浊的江水无法饮用，

盛进壶中一半沉为泥土。

船工们唱一声哀伤的《丁都护歌》，

心中悲痛，泪落如雨。

---

① 云阳：在今江苏丹阳，运河流经该城。上征：指逆水向北方行舟。　②"吴牛"句：指气候炎热。《世说新语·言语》刘孝标注："今之水牛，惟生江淮间，故谓之吴牛也。南土多暑，而此牛畏热，见月疑是日，所以见月则喘。"　③ 壶浆：指壶中的水。　④ 盘石：大石。　⑤ 江浒：江边。　⑥ 石芒砀（máng dàng茫荡）：石头又大又多。

上万的人都在开凿大石，

运到江边有重重险阻。

你看那一片石头莽荡无边，

真令人涕泪交流悲恨千古。

对酒忆贺监二首并序

　　天宝五载（746），李白南游会稽（今浙江绍兴）时，曾到过贺知章的故宅。当时贺知章已经病逝，诗人对酒怀旧，怅然有怀，因而写下这两首诗，悼念友人。贺知章曾官秘书监，所以称贺监。

　　太子宾客贺公，于长安紫极宫一见余①，呼余为谪仙人，因解金龟换酒为乐。没后对酒，怅然有怀，而作是诗。

――――――――――

　　① 紫极宫：道观。

其　一

四明有狂客①，风流贺季真②。

长安一相见，呼我谪仙人③。

昔好杯中物④，今为松下尘⑤。

金龟换酒处⑥，却忆泪沾巾。

其　二

狂客归四明，山阴道士迎⑦。

敕赐镜湖水⑧，为君台沼荣⑨。

人亡余故宅，空有荷花生。

念此杳如梦⑩，凄然伤我情。

———————————

① 四明：山名，位于今浙江宁波西南。狂客：贺知章自号
"四明狂客"。　② 贺季真：贺知章，字季真。　③ 谪仙：被贬到
人间来的仙人。李白初到长安时，贺知章读到他的《蜀道
难》，大为欣赏，称李白为"谪仙人"。见孟棨《本事诗》。
④ 杯中物：指酒。　⑤ 松下尘：已亡故之意。古代坟墓上多植
松柏，故有此说法。　⑥ 金龟：唐代官员的佩饰。　⑦ 山阴：今
浙江绍兴。　⑧ "敕赐"句：贺知章还乡时，唐玄宗把镜湖剡川
一曲赐给他作放生池。敕赐：皇帝的赏赐。镜湖：在浙江绍
兴。　⑨ 沼：池塘。　⑩ 杳：渺茫。

【翻译】

太子宾客贺公,在长安紫极宫一见到我,就称呼我为谪仙人,因而解下他的金龟,换酒共乐。他去世后,我对酒怅然怀念往事而作此诗。

其 一

四明山有位狂客,

他是风流的贺季真。

想当年在长安初次见面,

他竟称我为谪仙人。

他从前喜欢杯中物,

如今变成了松树下的粉尘。

当年金龟换酒的地方,

回忆起来使人热泪沾巾。

其 二

四明狂客归四明,

山阴道士来相迎。

皇帝赏赐镜湖水,

给您的楼台池沼增光荣。

如今人亡剩旧宅，
徒有荷花宅中生。
想起这些真是渺茫如梦，
凄凄惨惨我无限伤情。

重 忆 一 首

　　这首诗据唐裴敬《翰林学士李公新墓碑》，题目应是《访贺监不遇》，"重忆一首"四字，可能是后来编李白诗者所改。天宝五载李白南游会稽以前，或许还不知道贺知章去世，乘兴前往，却见贺已去世，所以题作"访贺监不遇"。这样，本诗是写在《对酒忆贺监二首》之前，而不是"重忆"。

　　欲问江东去①，定将谁举杯？
　　稽山无贺老②，却棹酒船回③。

---

　　① 江东：长江下游，指今江苏南部、浙江北部一带。
② 稽山：会稽山，在今浙江绍兴。　③ 棹（zhào 赵）：船桨，这里作动词，是划的意思。

【翻译】

　　想要到江东去，

　　在那里定和谁共同举杯？

　　可在会稽山已没有贺老，

　　只好划着酒船空回。

采 莲 曲

采莲曲,古曲名。王琦注:"《采莲曲》起梁武帝父子,后人多拟之。"这首诗是李白漫游会稽一带所作。诗人栩栩如生地刻画了吴越采莲女的形象。将她们置于青翠欲滴的荷叶丛中来烘托渲染,又用游冶郎的徘徊搔首来反衬她们的娇美,使用乐府《陌上桑》写罗敷的手法而更加委婉传神。采用民歌体裁,却不简单模仿,有青出于蓝的艺术魅力。

若耶溪旁采莲女①,笑隔荷花共人语。

①若耶溪:在今浙江绍兴南。

日照新妆水底明①，风飘香袂空中举②。

岸上谁家游冶郎③，三三五五映垂杨。

紫骝嘶入落花去④，见此踟蹰空断肠⑤。

【翻译】

若耶溪畔的采莲女，

隔着荷花与伙伴笑语。

阳光照得水中的倩影更美，

风儿吹得香袂在空中飘举。

岸上哪家的游冶郎，

三五成群掩映着垂杨。

紫骝的嘶鸣使她们进入了荷叶深处，

他们则徘徊岸边空自断肠。

---

① 新妆：这里指刚打扮过的采莲女。 ② 袂：衣袖。
③ 游冶郎：出游寻乐的青年男子。 ④ 紫骝：一种赤身黑鬣的
马。落花：指凋落的荷花。 ⑤ 踟蹰：徘徊不进的样子。

越女词（五首选一）

　　《越女词》是李白在越地会稽一带所作。描写越女美丽的容貌和活泼的姿态。诗的题材和语言受到南朝民歌影响，风格清新活泼。

　　耶溪采莲女，见客棹歌回①。
　　笑入荷花去，佯羞不出来。

---

　　① 棹歌：边划船边唱歌。

【翻译】

　　若耶溪里采莲的少女，

　　一见客就唱着歌把船划回。

　　嬉笑着藏入荷花丛中，

　　假装怕羞不愿意出来。

战　城　南

　　《战城南》,汉乐府鼓吹铙歌十八曲之一,多
以战争为题材。李白此诗亦因之。天宝年间,
唐玄宗喜好边功,轻动干戈。天宝元年(742),
北伐奚怒皆,战于桑干河,三战三败。天宝六载
(747),又诏令高仙芝率兵一万征讨吐蕃。这些
战争,给人民带来了深重的灾难。此诗抨击了
玄宗穷兵黩武的战争。

去年战桑干源①，今年战葱河道②。洗兵条支海上波③，放马天山雪中草④。万里长征战，三军尽衰老。匈奴以杀戮为耕作，古来惟见白骨黄沙田。秦家筑城备胡处，汉家还有烽火燃⑤。烽火燃不息，征战无已时。野战格斗死，败马号鸣向天悲。乌鸢啄人肠⑥，衔飞上挂枯树枝。士卒涂草莽，将军空尔为。乃知兵者是凶器，圣人不得已而用之。

【翻译】

去年战斗在桑干河，

今年战斗在葱河道。

用条支的海水冲洗兵器，

让马儿在天山吃那雪中草。

辗转万里，长年征战，

军中的战士都已衰老。

匈奴以打仗来代替耕作，

---

① 桑干：河名，源出山西马邑桑干山，东入河北及北京郊外，下流入大清河（即永定河）。 ② 葱河：即葱岭河，在今新疆西南部。 ③ 条支：汉西域国名，在今伊拉克的底格里斯和幼发拉底两河之间。 ④ 天山：即今新疆境内的天山。因终年积雪，又称雪山。 ⑤ 烽火：古代边防报警的烟火。 ⑥ 鸢（yuān渊）：猛禽，状似鹰，但嘴短尾长，俗称鹞鹰或老鹰。

黄沙田中自古只见白骨成山。
秦代防御匈奴修筑的长城，
到汉代依然烽火频传。

烽火燃烧不息，
战争年年不止。
士兵在旷野里格斗而死，
失去主人的战马在向天悲嘶。
乌鸦老鹰争食人肉，
衔起肠子挂上树枝。

战士鲜血染红了草野，
将军枉费了用兵的心计。
可见战争是杀人凶器，
圣人用它是在不得已的时期。

闻王昌龄左迁龙标遥有此寄

　　王昌龄(698—约757)，字少伯，唐代著名诗人，当时被称作"诗家天子"。唐玄宗时做秘书省校书郎，后被贬为龙标尉。龙标，在今湖南黔阳，唐代较荒凉边远之地。左迁，降职。古代以右为尊，左为卑，故有此称。这是李白听到王昌龄遭贬的消息后所作，表达诗人对友人不幸遭遇的深切同情。诗人通过丰富的想象，移情于物，充分地表达了深厚的感情。

杨花落尽子规啼①,闻道龙标过五溪②。

我寄愁心与明月,随风直到夜郎西③。

【翻译】

杨花落尽杜鹃在哀啼,

听说到龙标要经过五溪。

我把愁心寄托给明月,

随风直到那夜郎之西。

---

① 子规:杜鹃鸟。 ② 龙标:这里是地名。有人说因王昌龄被贬任龙标尉,所以称他为龙标,误。五溪:指湖南西部和贵州东部的辰溪、酉溪、巫溪、武溪、沅溪五条水。 ③ 风:一作"君"。夜郎:地名,唐代有三处,两处在今贵州桐梓,但龙标都在这两个夜郎以东;另一处在今湖南沅陵,龙标在这个夜郎的西南,故这里应指今湖南沅陵之夜郎。一说"夜郎西"泛指西方的夜郎一带,也可通。

劳 劳 亭

　　劳劳亭,故址在今江苏南京之南,是古代送别的地方。李白这首诗托物言情,表现了人间的离别痛苦。

　　天下伤心处,劳劳送客亭①。
　　春风知别苦,不遣柳条青。

---

　　① 劳劳:不忍离别而频频挥手的苦态。

人间最伤心的地方在哪里?

送客人离去的劳劳长亭!

春风也知道离别的痛苦,

不忍叫这柳条儿发青。

寄东鲁二稚子

　　这首诗是李白天宝八载(749)在金陵(今江
苏南京)所作。诗中抒发了对儿女深切的思念
之情。诗中如说家常,琐琐屑屑,活画出诗人的
慈父心肠,感人至深。东鲁,此指任城(今山东
济宁)一带。

　　吴地桑叶绿①,吴蚕已三眠。我家寄东鲁,谁种龟阴
田②? 春事已不及,江行复茫然。南风吹归心,飞堕酒楼

---

　　① 吴地:指今江苏南部一带。 ② 龟阴田:龟山(今山东
新泰西南)以北的田地。李白自京回东鲁后,曾在任城置了
些田产。

前①。楼东一株桃，枝叶拂青烟。此树我所种，别来向三年。桃今与楼齐，我行尚未旋。娇女字平阳，折花倚桃边。折花不见我，泪下如流泉。小儿名伯禽，与姊亦齐肩。双行桃树下，抚背复谁怜？念此失次第②，肝肠日忧煎。裂素写远意③，因之汶阳川④。

【翻译】

> 吴地的桑叶碧绿一片，
>
> 吴地的蚕儿已进了三眠。
>
> 我的家暂时寄居在东鲁，
>
> 谁在耕种龟山以北的农田？
>
> 春天的农事我已来不及料理，
>
> 往来江上还是心绪茫然。
>
> 南风把我的归心吹向北去，
>
> 飞落到东鲁的酒楼面前。
>
> 我似乎看到楼东那棵桃树，
>
> 风摇枝叶拂弄着淡淡青烟。
>
> 这株桃树是我居家时栽种，

------

① 酒楼：《本事诗》载，李白曾在山东任城构筑酒楼，常与友人醉饮其上。　② 次第：次序。失次第，即失去常态。③ 素：白绢。古人把书信写在白绢上。　④ 汶阳川：即汶水，此处指代东鲁。

好快呀，离开它眼看到了三年。

桃树长得快超过了楼顶，

我在他乡做客却仍未还。

折取桃花的是我平阳娇女，

身倚桃树怅望着天边。

手折桃花却不见栽桃的父亲，

思念的泪珠儿好像滚滚流泉。

小儿伯禽长高了许多，

那身个儿已经和姐姐齐肩。

姐弟俩在树下双双地行走，

有谁抚着肩膀将他们爱怜？

想到这些我举止都失去常态，

忧愁一天天把我肝肠熬煎。

扯一块白绢写下我远思的心意，

投寄到汶水北面的家园。

答王十二寒夜独酌有怀

　　唐玄宗后期，信用奸相李林甫，杀戮贤臣。天宝六载（747），北海太守李邕和曾任过刑部尚书的裴敦复，遭到杀害。天宝八载（749）六月，陇右节度使哥舒翰攻破吐蕃石堡城，士卒伤亡惨重。此诗写了这些事件，当是八载六月以后所作。当时已近安史之乱，唐统治集团的奢侈和政治上的腐朽已达极点。王十二是李白的朋友，名字不详。他写了一首《寒夜独酌有怀》诗寄给李白，李白写此诗作答。在这首诗中，李白对于当时黑暗的政治现实，进行了揭露和批判；对王十二和自己当时的遭遇表示强烈的愤慨，有力地抨击了统治者是非颠倒、摧残人才的罪行,表达了诗人对功名富贵的蔑视。全诗写得感情充沛,气势汹涌。

　　昨夜吴中雪,子猷佳兴发①。万里浮云卷碧山,青天中道流孤月。孤月沧浪河汉青②,北斗错落长庚明③。怀余对酒夜霜白④,玉床金井冰峥嵘⑤。人生飘忽百年内,且须酣畅万古情。君不能狸膏金距学斗鸡,坐令鼻

---

　　① 子猷(yóu 由):东晋王徽之,字子猷。据《世说新语·任诞》篇载,他在一个大雪天的晚上,忽发佳兴,乘船从家乡山阴(今浙江绍兴)到剡溪(今浙江嵊州)拜访老朋友戴逵。坐了一夜船,到达目的地,却因兴尽不入戴逵之门而回。这里以王子猷比喻王十二,说他寒夜独酌怀念自己,与子猷雪夜访戴相似。吴中:吴郡,今江苏苏州一带。这里指王十二所在的地方。　② 沧浪:有沧凉清冷之意。河汉:天上的银河。　③ 北斗:北斗星。错落:不齐的样子。北斗有七星,成斗状,所以错落不齐。长庚:古时把黄昏时分出现于西方的金星,称为长庚星。　④ 对酒:相对而饮。这里说王十二怀念自己,仿佛饮酒还是两人对饮一样。　⑤ 玉床:精美的井架。冰峥嵘:结的冰像山形高低不平。

息吹虹霓①。君不能学哥舒②，横行青海夜举刀③，西屠石堡取紫袍④。吟诗作赋北窗里，万言不直一杯水⑤。世人闻此皆掉头⑥，有如东风射马耳⑦。鱼目亦笑我，谓与明月同⑧。骅骝拳局不能食⑨，蹇驴得意鸣春风⑩。

①"君不"二句：唐玄宗喜欢斗鸡，有些人因此而得宠幸，所以当时有"生儿不用识文字，斗鸡走马胜读书"的民谣(见《东城老父传》)。李白的《大车扬飞尘》也有"路逢斗鸡者，冠盖何辉赫。鼻息干虹霓，行人皆怵惕"之语。这两句也是讽刺这种现象的。狸膏：狸油。狸能捕鸡，斗鸡时涂狸油于鸡头，对方的鸡闻到狸的气味，即恐惧而走。金距：装在鸡足上的金属芒刺，以便在斗鸡时刺伤对方的鸡。坐：因此。令：使。鼻息：鼻孔吹出的气。　②哥舒：哥舒翰，唐玄宗时著名的边将，突厥胡人，曾担任陇右、河西节度使。《太平广记》卷四九五引载当时民谣说："北斗七星高，哥舒夜带刀。吐蕃总杀尽，更筑两重壕。"后投降安禄山，被杀。　③青海：今青海湖，这里泛指陇右、河西一带。　④"西屠"句：据《旧唐书·哥舒翰传》记载，天宝八年，哥舒翰率领十万人猛攻吐蕃(西北的少数民族，古羌族一支)的据点石堡城，死了很多人，也杀了很多人。攻下石堡城后，因功封为御史大夫。紫袍：三品以上官吏的朝服。御史大夫属从三品，上朝时可服紫袍。⑤直：值。　⑥掉头：转过头。　⑦有如：犹如。射：此指风急吹。　⑧"鱼目"二句：鱼目自以为与珍珠一样，反而对我嘲笑。这是将"鱼目混珠"的意思作了进一步发挥。鱼目：比喻一般庸庸碌碌的人。明月：珠名，比喻有才德的人。　⑨骅骝：良马。拳局：曲而不伸。　⑩蹇(jiǎn简)驴：跛驴。

《折杨》《黄华》合流俗①，晋君听琴枉《清角》②。巴人谁肯和《阳春》③，楚地犹来贱奇璞④。黄金散尽交不成⑤，白首为儒身被轻。一谈一笑失颜色⑥，苍蝇贝锦喧谤声⑦。

①《折杨》《黄华》：古代的两支通俗歌曲。　②《清角》：相传为黄帝所作的乐曲，有德之君才能听，德薄之人听了要有灾难。春秋时晋平公强迫音乐家师旷为他演奏此曲，结果晋国大旱三年，平公本人也得了病。事见《韩非子·十过》。这句说晋平公枉然奏《清角》，无法享受。　③"巴人"句：这句说唱《下里巴人》曲的人是不肯应和高雅的《阳春白雪》的。巴人：指唱《下里巴人》的人。和：相和。阳春：《阳春白雪》。《下里巴人》和《阳春白雪》都是春秋战国时代楚国的歌曲，前者是通俗乐曲，后者是高雅的乐曲。事见宋玉《对楚王问》。④"楚地"句：讽刺当时朝廷不识人才。据《韩非子·和氏》载：楚国有个玉工叫卞和，得到一块璞玉，献给楚厉王，厉王以为是石头，恼怒卞和欺骗他，把卞和的左足砍断。后来楚武王即位，卞和又把它献给武王，武王又把他的右足砍去。直到文王即位，才发现果真是块美玉。　⑤交不成：意思是没有人同自己交往。　⑥失颜色：指举止不慎，谈笑失去常态。⑦苍蝇：喻进谗言的小人。贝锦：见《诗经·小雅·巷伯》："萋兮斐兮，成是贝锦。彼谮人者，亦已太甚。"意为织成了漂亮的贝锦，谗人却加以攻击、诬蔑。贝锦是指锦的花纹多样，有如贝壳的多种多样。

曾参岂是杀人者,谗言三及慈母惊①。与君论心握君手,荣辱于余亦何有？孔圣犹闻伤凤麟②,董龙更是何鸡狗③！一生傲岸苦不谐④,恩疏媒劳志多乖⑤。严陵高揖

① 曾参(shēn申)：孔子弟子,郑国人。据《战国策·秦策》记载,有一个与曾参同姓同名的人杀了人,有人向曾参的母亲报了三次信,前两次,曾参的母亲对自己的儿子还有自信,但第三次却相信了传言,终于逾墙逃走。当时毁谤李白的人不少,他感到有口难辩,十分气恼。三及：三次提及。

② 孔圣：圣人孔子。伤凤麟：据《史记·孔子世家》载,鲁哀公十四年(前418),鲁人打猎获得一只麒麟,孔子认为这意味着乱世即将开始,自己也行将死亡,因而很伤心。《论语·子罕》：“子曰：凤鸟不至,河不出图,吾已矣夫。”据董仲舒说,孔子认为自己可使天下太平,凤鸟出现,而统治者没有用他,以致凤鸟不至,因此而感到悲哀。 ③ 董龙：十六国前秦的奸臣,官右仆射。据《通鉴》一百卷记载,当时的宰相王堕刚峻耿直,有人劝他对董龙敷衍几句,他说：“董龙是何鸡狗,而令国士与之言乎！”结果王堕终于被害死。董龙何鸡狗,意为董龙是个什么东西。 ④ 傲岸：傲立。指性格高傲自尊。不谐：不合。 ⑤ “恩疏”句：出于《楚辞·湘君》：“心不同兮媒劳,恩不甚兮轻绝。”恩疏,即“恩不甚”。志多乖,即“心不同”。媒劳：引荐的人辛苦地奔跑。

汉天子①，何必长剑拄颐事玉阶②。达亦不足贵，穷亦不足悲。韩信羞将绛灌比③，祢衡耻逐屠沽儿④。君不见李北海⑤，英风豪气今何在？君不见裴尚书⑥，土坟三尺蒿棘居⑦。少年早欲五湖去⑧，见此弥将钟鼎疏⑨。

---

① 严陵：东汉的隐士严光，字子陵。严光与汉光武刘秀原是同学，刘秀当了皇帝后屡次召见严光，他总是作揖而不跪拜，不行君臣之礼。见《后汉书·逸民传》。　② 长剑拄颐：佩带的剑很长，上端几乎触着面颊，这里指官服。事玉阶：在宫廷中玉阶边侍奉皇帝。这句意思是，何必一定要做官呢？　③ 韩信：汉初大将。绛：绛侯，指汉初大将周勃。灌：灌婴，汉初大将。《史记·淮阴侯列传》载：韩信本被刘邦封为王，后来贬为淮阴侯。他常称病不上朝，羞与绛侯周勃、颍阴侯灌婴等同居侯位。　④ 祢衡：东汉末年人。与孔融友善。据《后汉书·祢衡传》载，有一次他到曹操的统治中心许都，有人劝他与当时的名士陈群、司马朗交往，他说："我怎能跟那些屠沽儿在一块儿呢？"逐：追随。屠沽儿：杀猪卖酒的人，这是蔑视陈群、司马朗的话。　⑤ 李北海：李邕，广陵（今江苏扬州）人，曾担任北海（今山东益都）太守。据《旧唐书·文苑传》载，他在天宝六载(747)被杀害。　⑥ 裴尚书：裴敦复，曾为刑部尚书，与李邕同时遇害。　⑦ 蒿：蒿草。棘：刺丛。　⑧ 五湖去：春秋时越国大夫范蠡，助越王打败吴国，功成身退，"乘扁舟，出三江，入五湖，人莫知其所适"。事见《吴越春秋》。　⑨ 弥：更加。钟鼎：古代贵族家中饮食时鸣钟列鼎，这里用来表示高官厚禄。疏：疏远。

【翻译】

昨夜吴中下了一场大雪，

你像王子猷那样兴致突发。

浮云万里缭绕着碧山，

青天的正中流动着一轮孤月。

孤月凄寒银河清明，

太白晶亮北斗错落。

夜霜满地你对酒思我，

冰层覆盖井架像金雕玉塑。

时光如箭人生不过百年，

要痛饮美酒来舒展万古的郁结。

你不能利用狸膏金距学那斗鸡之徒，

鼻孔出气吹到天上的霓虹。

你不能去学哥舒翰，

持刀跨马横行青海血洗石堡城，

还穿着紫袍逞英雄。

你在北窗之下吟诗作赋，

纵有万言还不如一杯水顶用。

世俗人听到这些皆掉头不顾，

好像从马耳边吹过一阵东风。

鱼目混珠之辈居然也嘲笑我，

夸说他们和明月珍珠相同。

千里马屈身弓背不食不饮,

跛腿驴却在春风中得意长鸣。

流俗只听《折杨》、《黄华》之类的乐曲,

《清角》这样的琴曲晋平公就不配听。

听惯《下里巴人》哪肯应和《阳春白雪》?

珍奇的玉石楚王根本辨不清。

钱财用尽没交到知音,

读书到白头还是被人看轻。

谈笑之间偶尔错了一点,

苍蝇就把贝锦玷污谤声沸腾。

曾参难道是杀人的人吗?

可是三进谗言就使他慈母震惊。

握住你的手把心里话告诉你,

荣辱与我又有什么关系!

听说孔圣人还感伤生不逢时,

董龙这小子更是什么狗东西!

一生傲岸难与权贵相处,

皇帝疏远,举荐徒劳,空怀壮志。

严子陵长揖不拜汉光武,

我为什么要佩带长剑去侍奉皇帝!

做官得志也不足贵,

穷愁潦倒也不足悲。

与绛灌同列韩信感到羞愧，
与屠沽儿为伍祢衡觉得可耻。
你没看到北海李太守吗，
他的英风豪气而今却在哪里！
你没看到刑部裴尚书吗，
三尺土坟已长满杂草荆棘！
我年轻时就学范蠡退隐五湖，
见此更要与功名富贵远离。

赠 从 弟 冽

  天宝九、十载(750—751)间,李白离开长安业已多年。在这首写给从弟李冽的诗中,他对自己在长安的三年供奉翰林生活进行了总结:"献主昔云是,今来方觉迷。"对唐王朝的腐朽黑暗有了比较清醒的认识。然而,诗人并未放弃自己的理想,本诗结尾:"他年尔相访,知我在磻溪。"表明李白仍想等待时机,施展抱负。从(zòng 纵)弟:堂弟。

楚人不识凤,重价求山鸡①。献主昔云是,今来方觉迷②。自居漆园北③,久别咸阳西④。风飘落日去,节变流莺啼⑤。桃李寒未开,幽关岂来蹊⑥。逢君发花萼⑦,若与青云齐。及此桑叶绿,春蚕起中闺⑧。日出布谷鸣,田家拥锄犁。顾余乏尺土,东作谁相携？傅说降霖雨⑨,

①"楚人"两句：传说楚国有个人不认识凤凰,花高价买了一只山鸡,准备当作凤凰献给楚王。见《尹文子·大道上》。　②"献主"两句：意思是李白自叹当年奉召入京,也像楚人献山鸡一样诚心诚意,结果反而被放出京,才觉得自己太执迷。　③漆园：在今山东菏泽。庄子当年做过漆园吏。这里以"居漆园"来喻示隐居。　④咸阳：秦朝的首都。这里实指唐朝的首都长安。　⑤节变：季节变换。　⑥"桃李"两句：《史记·李将军列传》："桃李不言,下自成蹊。"意思是说桃李虽不会说话,但有果实,很多人都来摘取,树下自然会踩出路来。李白以"桃李"自比,说春寒桃李不开,自己被放出京后门庭冷落,怎么会有人来踩成小路呢？幽关：门庭冷落。⑦花萼：《诗经·棠棣》："棠棣之华,鄂不韡韡。"郑笺："喻弟以敬事兄,兄以荣覆弟也。"古人用花萼比喻兄弟。这句是说李白遇到堂弟李冽,仿佛花开萼放。　⑧中闺：即闺房,妇女们住的房间。　⑨傅说(yuè月)：商王武丁的大臣,辅助武丁起过很大的作用。武丁在起用他时,要他在多方面加以辅助,打比喻说："若岁大旱,用汝作霖雨。"见《尚书·说命》。因为傅说很好地完成了武丁给他的任务,所以李白说他"降霖雨"。

公输造云梯①。羌戎事未息②，君子悲涂泥③。报国有长策，成功羞执珪④。无由谒明主，杖策还蓬藜⑤。他年尔相访，知我在磻溪⑥。

【翻译】

有个楚人不认识凤凰，

花高价采购了一只山鸡。

把它献给君主还自以为忠诚，

现在才知道自己是多么执迷。

自从在漆园北隐居以来，

西京长安早已久违。

风飘夕阳落于天边外，

节气一换流莺乱啼。

春寒桃李不能开，

门庭冷落岂有往来的足迹？

———————

① 公输：公输般，即鲁班，举世闻名的巧匠，曾为楚国造云梯攻打宋国。云梯：攻城用的高梯。 ② 羌戎：都是古代西北的部族，这里指代吐谷浑、吐蕃。当时唐王朝与他们多次发生战争。 ③ 涂泥：涂炭，遭受苦难。 ④ 执珪：指立功受封。珪：上圆下方的玉石，周代赐给列侯瑞玉，被称为"侯执信珪"。 ⑤ 蓬藜：草野。 ⑥ 磻(pán 盘)溪：在今陕西宝鸡东南，商代末年吕望曾在此垂钓。

兄弟相遇仿佛花开萼放，

手足之情能跟青云一比高低。

当此桑叶已绿之时，

闺房中的春蚕已经出齐。

太阳出山布谷鸟鸣啼，

农家耕作下田地。

看看自己地无一尺，

春耕时有谁跟我握手共携？

傅说能降及时雨，

公输般会造云梯。

羌戎扰边战事不息，

人民涂炭君子悲凄。

我有报国的良策，

成功后耻于加官晋级。

可惜没有机会拜见皇帝，

只得拄杖归去长伴蓬藜。

以后你若来相会，

就知道我仍垂钓在磻溪。

秦王扫六合（《古风五十九首》其三）

　　此诗开篇盛赞秦始皇的雄才大略和统一中国的业绩，继则讽刺他追求神仙的荒唐行为。据《资治通鉴·天宝九载》记载，唐玄宗"尊道教，慕长生"。李白此诗似为玄宗慕仙事而发，以古喻今，借秦始皇来讽刺玄宗。

　　秦王扫六合，虎视何雄哉！挥剑决浮云，诸侯尽西来。明断自天启，大略驾群才。收兵铸金人①，函谷正东

---

　　①"收兵"句：兵，兵器。《史记·秦始皇本纪》：二十六年（前221），尽收天下兵器堆聚咸阳，铸成十二个铜人。金人即铜人。

开①。铭功会稽岭②，骋望琅琊台③。刑徒七十万，起土骊山隈④。尚采不死药⑤，茫然使心哀。连弩射海鱼⑥，长鲸正崔嵬。额鼻象五岳，扬波喷云雷。鬐鬣蔽青天⑦，何由睹蓬莱？徐市载秦女，楼船几时回？但见三泉下⑧，金棺葬寒灰⑨。

① 函谷：关名，秦国的东关，在今河南灵宝南。六国未灭时，秦在此重兵设防，启闭甚严。 ② 会稽岭：在今浙江会稽东南。秦始皇三十七年（前210），登此岭，立碑铭刻秦功德。 ③ 琅琊台：在今山东胶南东南琅琊山上。秦始皇二十八年（前219），登琅琊山，又建琅琊台，立石刻，颂秦德。 ④ "刑徒"二句：秦始皇三十五年（前212），役使七十余万囚徒，在咸阳修筑阿房宫，并在骊山修造陵墓。骊山：在今陕西临潼东南。 ⑤ "尚采"句：秦始皇二十八年，齐人徐市告诉始皇，海中有蓬莱、方丈、瀛洲三座神山，上居仙人。始皇遂派徐市带数千童男童女，入海求仙人，采不死药。 ⑥ "连弩"句：徐市入海求药无所得，恐遭始皇罪责，谎称海中有大鲛鱼，接近不了神山，请善射的人以连弩去射它。听信了他的话，后来始皇曾亲自带着连弩到海边去射鱼。连弩：能一连发出好多支箭的弓。 ⑦ 鬐鬣：鱼脊和鱼颔上的羽状部分。 ⑧ 三泉：三重泉水，形容极深的地下。 ⑨ 寒灰：不可复燃的死灰。隐喻秦始皇的尸体。

【翻译】

秦始皇扫荡四方统一中国，

虎视眈眈，何等雄迈！

宝剑一挥，扫平战乱如断浮云，

六国诸侯皆称臣朝见匍匐西来。

英明决断似乎来自天神的启发，

普天下谁赶得上他的大略雄才？

熔尽六国兵器铸就十二个铜人，

函谷雄关的大门正向东方敞开。

南巡会稽山，刻石歌颂功业，

登临琅琊台，纵目远望四海。

骊山脚下，奴役七十万囚徒，

大兴土木，修筑陵寝和殿台。

派人去三神山采集长生不老药，

这荒唐的行径使人茫然心哀。

用连弩去射杀东海的大鱼，

长鲸却山一样地高矗天外。

额头和鼻子如同五岳巍然隆起，

扬波喷云，势如隆隆惊雷。

鱼脊和鱼颌上的鬐鬣遮天蔽日，

阻塞了海道，怎么能找到蓬莱？

徐市载着童男童女去寻找仙药，

谁曾看见那高大的楼船归来？

却只见在那深深的地下，

金棺内埋葬着已经寒冷的死灰。

羽檄如流星(《古风五十九首》其三十四)

据《旧唐书·玄宗纪》和《杨国忠传》,天宝十载(751),杨国忠荐鲜于仲通为益州长史(四川一带的长官),率兵八万讨南诏(在今云南),与阁罗凤战于泸南,全军覆没。国忠掩盖败状,仍叙其战功。又据《资治通鉴·天宝十载》,鲜于仲通战败后,杨国忠再度募兵以讨南诏。百姓不肯应募。国忠遂派御史分道捕人,连枷送到军所。被征百姓忧愁怨愤,送征人的父母妻子哭声震野。此诗即有感于这场不义战争而作,对朝廷穷兵黩武政策提出尖锐批评。

羽檄如流星,虎符合专城①。喧呼救边急,群鸟皆夜鸣。白日曜紫微②,三公运权衡③。天地皆得一④,淡然四海清。借问此何为? 答言楚征兵⑤。渡泸及五月⑥,将赴云南征。怯卒非战士,炎方难远行。长号别严亲⑦,日月惨光晶。泣尽继以血,心摧两无声。困兽当猛虎,穷鱼饵奔鲸。千去不一回,投躯岂全生! 如何舞干戚,一使有苗平⑧?

①"虎符"句:朝廷向地方征兵,地方官与使者合验虎符。虎符:征调军队的信物。以铜铸成虎形的符节,分成两半,一半留在朝廷,一半授予统兵的将帅或州郡的长官。朝廷有重要命令下达,由使臣持符验合,方能生效。专城:指州郡地方长官。 ②白日:比喻皇帝。紫微:星宿名,古时用它比喻朝廷。 ③三公:本为古代地位最高的三个大臣,但不同的朝代情况有所不同。唐代以太尉、司徒、司空为三公,却只是一种名誉性的官衔。此处借指朝中掌握军政实权的大臣。运权衡:指管理国家大政。 ④"天地"句:《老子》:"天得一以清,地得一以宁。""一"指道。 ⑤楚:楚国在南方,后遂以楚泛指南方。 ⑥"渡泸"句:古时传说江边多瘴气,三、四月间,渡江必死。只有五月方能渡江。泸:今云南金沙江。 ⑦严亲:父亲,此泛指亲人。 ⑧"如何"二句:《太平御览》卷八一引《帝王世纪》载,有苗氏部族不受舜的政令,禹要用武力去征服,舜不同意,而致力于修明政教。三年以后,并不派兵,只是执干戚而舞,有苗氏便归服了。干、戚:都是武舞的道具。干,盾牌;戚,大斧。

【翻译】

插着羽毛的征兵文书疾如流星，

征调军队的虎符发到州城。

解救边境危急的喧嚣震动四野，

惊飞夜间栖息的群鸟鸣叫不停。

方今圣明天子像太阳光照天下，

三公大臣运筹帷幄，各尽其能。

无论天地都在按照道的规范运行，

四海之内到处只看到淡然清宁。

请问此时紧急调兵为了什么，

回答说为讨伐南诏征集援兵。

要赶在五月及时渡过泸水，

开赴云南去打一场望不到头的战争。

畏怯、厌战的士兵岂能冲锋陷阵？

遥望炎热的南方哪个肯于远行？

辞别亲人，哭声震动了天地，

愁云惨淡，日月失去往日的光明。

流尽了泪水，眼里涌出殷殷鲜血，

征夫和亲人都心肝摧裂，泣尽无声。

像疲困的小兽去抵挡凶猛的老虎，
像途穷的鱼儿去喂奔腾的巨鲸，
千万个士卒去了就没有一个回来，
投身南诏的人们怎么能够全生！
什么时候才能修明教化手舞干戚，
像舜那样使有苗臣服，天下太平？

行行且游猎篇

　　这首诗是天宝十一载(752)冬天,诗人北游幽燕时所作。《行行且游猎》为古乐府旧题,常用以写封建帝王游猎之事。本篇借古题写时事。李白亲眼看到边城健儿游猎时的情景,因而写成此诗。篇中热情洋溢地塑造了边城健儿骁勇矫健的形象,反映了诗人豪放不羁的思想风格。

　　边城儿,生年不读一字书①,但知游猎夸轻趫②。

---

　　① 生年:生平。　② 轻趫(qiáo 乔):形容动作敏捷迅速。

胡马秋肥宜白草①，骑来蹑影何矜骄②。

金鞭拂雪挥鸣鞘③，半酣呼鹰出远郊。

弓弯满月不虚发④，双鸧迸落连飞髇⑤。

海边观者皆辟易⑥，猛气英风振沙碛⑦。

儒生不及游侠人，白首下帷复何益⑧。

【翻译】

生长在边城的男儿，

从来不读书里的一个字，

只知道各处打猎夸耀动作的轻趫。

秋天胡马肥壮尤喜白草，

骑上它追踪日影矫健高傲。

金鞭拂起白草时末鞘鸣响，

饮酒半酣就呼唤猎鹰去远郊。

拉得像满月的弓从不虚发，

① 白草：牛马喜欢吃的一种牧草，色白。 ② 蹑影：蹑，追踪。影：日光。追踪日影，形容其快。矜骄：骄傲，洋洋自得。 ③ 鞘(shāo 梢)：马鞭的末梢。 ④ 弓弯满月：弓弯得似月亮一样圆。 ⑤ 鸧(cāng 仓)：鸧鸹，即白顶鹤。髇(xiāo 消)：鸣镝，响箭。 ⑥ 辟易：退避。 ⑦ 沙碛(qì 戚)：沙漠。 ⑧ 下帷：《汉书·董仲舒传》：汉代董仲舒在教授学生时，"下帷讲诵，弟子传以久次相受业，或莫见其面"。

双鸰从空中迸落伴随着鸣镝的呼啸。

瀚海边的观者惊恐躲避，

他那英风豪气振动了沙碛。

儒生哪里比得上游侠儿，

下帷苦读纵到白头又何益！

北　风　行

　　李白天宝十一载(752)十月到达幽州(今北
京及河北北部一带),亲眼看到安禄山在当地所
进行的残酷统治。这年冬天写的这首诗,就是
通过被迫出征而牺牲的军人遗孀之口,来谴责
安禄山罪行的。诗中表现了北方妇女对出征
战死的丈夫的深切怀念和悲愤之情,感情真
挚,想象奇特。末尾以"北风雨雪恨难裁"作
结,是传统的比兴手法,以"北风雨雪"这种可
怕的自然现象,隐喻安禄山对人民的残酷
迫害。

　　烛龙栖寒门①,光耀犹旦开。日月照之何不及此?惟有北风号怒天上来。燕山雪花大如席②,片片吹落轩辕台③。幽州思妇十二月,停歌罢笑双蛾摧④。倚门望行人,念君长城苦寒良可哀。别时提剑救边去,遗此虎文金鞞靫⑤。中有一双白羽箭,蜘蛛结网生尘埃。箭空在,人今战死不复回! 不忍见此物,焚之已成灰。黄河捧土尚可塞,北风雨雪恨难裁⑥。

【翻译】

　　　烛龙栖息在寒门,

　　　它的目光被当作了晨曦。

　　　日月为何照不到这里?

　　　只有北风怒号从天而来。

　　　燕山雪花大如坐席,

　　　一片片吹落到轩辕台。

────────

　　① 烛龙:我国神话传说中的一种特异的龙,人面蛇身,身长千里,住在寒冷的北极之山。目发巨光,睁眼为昼,闭眼为夜,吹气为冬,吸气为夏。见《山海经·大荒北经》。寒门:神话中北极酷寒之地。　② 燕山:山名,在今河北蓟县东南,东经玉田、丰润,直达海滨,绵亘数百里。　③ 轩辕台:故址在今河北怀来乔山上。　④ 双蛾:即双眉。古代常以蛾眉来形容女子眉毛之美。　⑤ 鞞靫(bǐ chāi 比拆):装箭的袋子。　⑥ 雨雪:下雪;"雨"作动词用,是从天而落的意思。裁:消除。

幽州思妇在寒冬腊月，

停歌罢笑愁眉不开。

倚门盼望丈夫早日回来，

想你在长城受苦受冻实在可哀。

分别时你手提宝剑去支援边防，

留下这饰有虎纹的金黄箭袋。

里面有一对白色羽箭，

如今蜘蛛网生满了尘埃。

羽箭啊徒然存在，

人却已战死不能再回来。

怎忍重见此物，

已把它焚烧成灰。

汹涌的黄河尚可捧土堵塞，

对北风雨雪的痛恨却永难排解！

古 朗 月 行

　　《朗月行》是乐府古题，属《杂曲歌辞》。李白用旧题写新意。运用浪漫主义的创作方法，通过大胆想象，以及神话传说，塑造了扑朔迷离的形象。唐玄宗晚年沉湎声色，宠幸杨贵妃，国家内部权奸争斗，宦官擅权，政治腐败。李白这首诗可能是对当时朝政黑暗而发，所以用蟾蜍蚀影、阴精沦惑为喻。按照我国古代的天人感应和阴阳五行之说，这都是谗谄蔽明之故。古代诗人在写政治现实时，也常借用这些不科学的说法来表达自己的忧虑或悲愤。

小时不识月，呼作白玉盘。

又疑瑶台镜①，飞在青云端。

仙人垂两足，桂树何团团②！

白兔捣药成③，问言与谁餐。

蟾蜍蚀圆影④，大明夜已残⑤。

羿昔落九乌，天人清且安⑥。

阴精此沦惑⑦，去去不足观。

忧来其如何，凄怆摧心肝。

---

　①　瑶台：传说中神仙居住的地方。　②"仙人"二句：《太平御览》卷四引虞喜《安天论》说："俗传月中仙人桂树，今视其初生，见仙人之足渐已成形，桂树后生焉。"　③　白兔捣药：古代传说，月亮中有白兔在捣药。见《太平御览》卷四引傅玄《拟天问》。　④　蟾蜍：动物名，俗称蛤蟆。据《淮南子》载：月亮里有只蟾蜍，月蚀就是因蟾蜍食月所致。　⑤　大明：月亮。⑥"羿昔"二句：此以后羿射日、天下平安隐喻唐玄宗在开始时诛除奸佞、天下太平。乌：指太阳，相传太阳里有三足乌。《淮南子》载："逮至尧之时，十日并出，焦禾稼，杀草木，而民无所食。"于是尧命羿"上射十日"，羿射落了九个，最后只剩一个留在人间。　⑦"阴精"句：系以月蚀来说明政治黑暗，天下又要乱了。《汉书·天文志》："日月薄食……此皆阴阳之精，其本在地而上发于天者也。政失于此，变见于彼。"意谓日食月食，都是阴精或阳精受到了损害，而在根本上乃是政治有失误而造成。阴精：指月亮。古代以为月亮是太阴，即最盛的阴气，因而也是最典型的阴精。

【翻译】

小时候不认得月亮，

把它叫做白玉盘。

又怀疑是瑶台的明镜，

飘飞到青色的云天。

月亮初升时可见仙人的双脚，

看到桂树时月亮已那么的圆。

月中的白兔把药捣好，

请问它是送给谁去餐。

蛤蟆把圆月吃掉一块，

夜间的月亮已残缺不全。

以前后羿射落九个太阳，

天上人间都清静平安。

太阴之精现在又受到沦惑，

去吧，去吧，这世界已不值得再看。

愁思涌入我的心头，

悲伤和凄楚令我肚肠俱断。

哭晁卿衡

晁衡，或名朝衡。日本人，原名阿部仲麻吕。开元五年(717)，年二十，留学中国。卒业后留唐做官。大历五年(770)，卒于长安。天宝十二载(753)，衡与日本遣唐使藤原清河等人同船返日，在海上遇风，与别的船失散，漂流到安南(今越南)，后又辗转回到长安。当时误传晁衡遇难，李白听到这一消息，写此诗以志悼念。卿，是古人对朋友的尊称。

日本晁卿辞帝都，征帆一片绕蓬壶①。

明月不归沉碧海，白云愁色满苍梧②。

【翻译】

日本友人晁衡，

辞别了帝都长安；

蓬莱、方壶岛旁，

飘过一片风帆。

一去不归的友人啊，

像明月沉入了大海；

白云带着我的愁思，

笼罩了苍梧青山。

---

① 蓬壶：蓬莱、方壶，传说为东海中的仙山。 ② 苍梧：山名，在今江苏东海东北的大海中，此指晁衡溺海的地方。

远 别 离

  《远别离》是乐府"别离"十九曲之一,多以悲伤别离之事为内容。此诗收入唐人殷璠选编的《河岳英灵集》,该书选诗止于天宝十二载,故其写作自当在天宝十二载之前。据《通鉴》天宝三载所载:玄宗对高力士说,他觉得天下太平无事,想高居无为,把国家政事委托给李林甫去办。高力士劝阻说,天下大权不可以让别人代掌,否则,别人有了权就难以控制了。玄宗不听劝告,宠信权臣李林甫和藩镇安禄山,把天宝后期的政治弄得十分黑暗腐败。李白此篇通过尧女娥皇、女英及尧幽囚、舜野死的传说,以迷离惝恍之笔,表现了诗人对当时权奸得势、政治混乱的忧虑。此诗受《楚辞》影响很深，意境深邃，感情强烈，有很强的艺术魅力。

远别离，古有皇英之二女①，乃在洞庭之南，潇湘之浦。海水直下万里深，谁人不言此离苦②？日惨惨兮云冥冥，猩猩啼烟兮鬼啸雨。我纵言之将何补？皇穹窃恐不照余之忠诚③，雷凭凭兮欲吼怒④。尧舜当之亦禅禹⑤，君失臣兮龙为鱼，权归臣兮鼠变虎⑥。或云尧幽囚⑦，舜

① 皇英：娥皇、女英。传说为尧之二女，同嫁于舜。《水经注·湘水》载：舜至南方巡狩，二妃从行，淹死在湘江里，她们的魂游于洞庭与潇湘之间。 ②“海水”二句：这两句是倒装句法，说明生死之别永无见期，其痛苦像海水一样深无底止。 ③皇穹：天。古称帝为天子，“皇穹”就成为帝王的代词。 ④凭凭：雷声。 ⑤“尧舜”句：这是紧缩式的句子，意谓“尧当之亦禅舜，舜当之亦禅禹”。“之”指下文“君失臣”、“权归臣”的情况。在这种情况下，尧舜也不得不让位。 ⑥“权归”二句：意谓皇帝大权旁落，就是龙变为鱼；臣子篡夺大权，仿佛鼠变为虎。 ⑦尧幽囚：《史记·五帝本纪》正义引《竹书纪年》载：尧年老德衰，为舜所囚，并隔绝尧子丹朱，使父子不能见面。

野死①。九疑联绵皆相似②,重瞳孤坟竟何是③? 帝子泣兮绿云间④,随风波兮去无还。恸哭兮远望,见苍梧之深山。苍梧山崩湘水绝,竹上之泪乃可灭⑤。

【翻译】

> 远别离啊远别离,
>
> 古时尧有娥皇女英这俩闺女。
>
> 在那洞庭之南,潇湘岸边,
>
> 就是她们的魂魄常游之处。
>
> 海水直下万里深不可测,
>
> 谁不说海深还比不上她们的别离苦?
>
>
> 日光惨惨,云影昏昏,
>
> 猩猩哀啼、鬼魂悲啸,杂着浓烟苦雨。
>
> 我就是说了实话于事何补?

———————

① 舜野死:《国语·鲁语》韦昭注:舜征伐南方有苗国,死于苍梧之野。诗意似乎是说舜死得不明白,与失权有关。
② 九疑:山名,即苍梧山,在今湖南宁远南。有九个山峰连绵相似,使人不易分辨,故称九疑山,传说舜葬于此。 ③ 重瞳:指舜。据说舜的眼中有两个瞳子,故称。 ④ 帝子:指娥皇、女英。绿云:指竹林。 ⑤ 竹上之泪:《述异记》载:舜南征,死于苍梧之野。娥皇、女英相与痛哭,泪下沾竹,竹上遂成斑纹。

天王怕不会理解我的忠诚，

反而会大发雷霆吼叫暴怒。

尧被迫让位给舜，

舜被迫让位给禹。

君王失去对臣子的控制，

真龙会变成鱼。

大权旁落到臣子手中，

老鼠会变成虎。

有人说尧被舜囚禁，

舜后来死在苍梧之野也下落不明。

连绵不断的九疑山，九峰相似，

舜帝的孤坟哪里去寻？

娥皇女英挥泪洒在绿竹之间，

随湘水风波而去再不回还。

她们恸哭着四处远望，

望到的不过是苍梧的深山。

只有苍梧山崩湘水断绝，

她们洒在竹上的泪痕才会消失不见。

山 中 问 答

此诗以问答形式抒发李白隐居生活的闲情雅致。全诗写得活泼流利,摇曳生姿。

问余何意栖碧山①,笑而不答心自闲。
桃花流水窅然去②,别有天地非人间。

---

① 何意:一作"何事"。栖碧山:隐居碧山。 ②"桃花"句:晋陶潜《桃花源记》载:东晋时武陵有一渔人在溪中捕鱼,忽逢桃花林,林尽处有山,山有小口。渔人从山口进去,发现一个与外边隔绝的桃花源,里面的人过着安居乐业的生活。此处暗用此事。窅(yǎo 咬)然:深远的样子。

【翻译】

问我为什么隐居在碧山，

微笑不答心情自在悠闲。

桃花盛开，流水杳然远去，

别有一番天地不像是人间。

独坐敬亭山

　　敬亭山,在今安徽宣城北。风景幽美秀丽,山上旧有敬亭,是南齐诗人谢朓的吟咏处。此诗写得平淡如水,若秋云行空,反映了诗人对人生和自然的态度。

　　　　众鸟高飞尽,孤云独去闲。
　　　　相看两不厌,只有敬亭山。

【翻译】

　　成群的鸟个个高飞而去,
　　孤云一片悠闲地飘过蓝天。
　　彼此相看互不厌弃的,
　　只有我和你——敬亭山!

秋登宣城谢朓北楼

　　谢朓北楼，在今安徽宣城东南的陵阳山上，南齐著名诗人谢朓作宣城太守时建。天宝十二载(753)，李白由梁园南游到宣城，居留很久。这首诗作于秋天。诗人对北楼附近的宣城景色作了生动的描绘，表达对谢朓的深切怀念之情。无论从诗的语言还是诗的意境看，都很接近谢朓的风格。

江城如画里，山晚望晴空。

两水夹明镜①，双桥落彩虹②。

人烟寒橘柚，秋色老梧桐。

谁念北楼上，临风怀谢公？

【翻译】

美丽的宣城如在图画之中，

我站在陵阳山遥望明朗的夜空。

明镜般的宛溪、句溪夹城流过，

宛溪上的两座桥像跌落的彩虹。

炊烟给橘柚带上寒意，

秋色催老了梧桐。

谁能想到我伫立在北楼上，

面对秋风深情地怀念谢公？

---

① 两水：指环绕宣城的宛溪、句溪。 ② 双桥：指宛溪上的凤凰、济川二桥。

陪侍御叔华登楼歌

　　本篇一般题作《宣州谢朓楼饯别校书叔云》,根据《文苑英华》校改。所登之楼即宣州宣城的谢朓楼。李华是当时著名的散文家、李白的好友,李白卒后,他曾作《故翰林学士李君墓志》。天宝十一载李华任监察御史。监察御史又称监察侍御史,是谏官,简称"侍御"。这首诗辞语慷慨,意气骏发,抒发了诗人怀才不遇的苦闷。

弃我去者,昨日之日不可留;

乱我心者,今日之日多烦忧。

长风万里送秋雁,对此可以酣高楼。

蓬莱文章建安骨①,中间小谢又清发②。

俱怀逸兴壮思飞,欲上青天览明月③。

抽刀断水水更流,举杯消愁愁更愁。

人生在世不称意,明朝散发弄扁舟④。

【翻译】

昨天的日子离我而去不可留,

今天的日子扰乱我心多烦忧。

登楼送目长风万里秋雁南飞,

面对这景色我们可以酣饮美酒!

---

①　蓬莱:海上神山名,传说仙府难得的典籍,均藏于此。东汉宫廷校书处东观藏书极多,当时学者称东观为老氏藏室、道家蓬莱山。见《后汉书·窦章传》。"蓬莱"二字,《文苑英华》作"蔡氏",指蔡邕。"蔡氏文章"指汉末碑版文字名家蔡邕的文章,李华是古文家,所以用"蔡氏文章"来比喻李华的文章。如作"蓬莱文章",指的是两汉文章之盛。建安:东汉末献帝的年号。当时曹操父子及建安七子的诗,形成了建安体,风格清新刚健,世称"建安风骨"。　②　小谢:指谢朓,与谢灵运对举。　③　览:通"揽",用手去摸。　④　散发:去冠披发,是不受世间礼法束缚的表现。

两汉的文章和建安诗歌的风骨，

其间又有谢朓诗篇清新秀发。

我们都满怀逸兴壮思飞腾，

要上那万里青天去揽取明月。

抽刀想砍断流水，水流更猛，

用酒来消愁反而愁上加愁。

人生在世万事都不如意，

不如散发归隐去江湖泛舟！

听蜀僧濬弹琴

　　蜀僧濬,四川一位叫濬的和尚。李白有《赠宣州灵源寺仲濬公》一诗,蜀僧濬与仲濬公可能是一个人。此诗起句说:"蜀僧抱绿绮,西下峨眉峰。"既言"蜀僧",可见此诗并非作于四川。天宝后期,李白在宣州(今安徽宣城)时,曾听过蜀僧濬弹琴,此诗当是诗人听琴后所作。

　　蜀僧抱绿绮①,西下峨眉峰。

---

　　① 绿绮:琴名。傅玄《琴赋序》:"司马相如有琴曰绿绮。"诗中的"绿绮",形容蜀僧濬的琴很名贵。

为我一挥手^①,如听万壑松^②。

客心洗流水^③,遗响入霜钟^④。

不觉碧山暮,秋山暗几重?

【翻译】

蜀僧濬怀抱着绿绮琴,

从川西的峨眉飘然降临。

他为我挥手弹奏,

像听到万山松涛阵阵。

我这游子的心仿佛被流水洗过,

带有霜气的钟声里融入了琴的余音。

不知不觉暮色已笼罩了青山,

空中布满层层暗淡的秋云。

---

① 挥手:弹琴。嵇康《琴赋》:"伯牙挥手,钟期听声。"
②"如听"句:形容琴声铿然如万壑松涛之声。壑(hè 贺):山谷。 ③"客心"句:表面是说听过弹奏,自己的心好像被流水洗过一样痛快。其实"流水"又暗含着一个"高山流水"的典故。春秋时楚人钟子期精通音律,他听伯牙弹琴时,能辨别出伯牙或志在高山或志在流水(见《列子·汤问》)。后世便用"高山流水"比喻琴音的优美。客心:指诗人自己的心胸。
④"遗响"句:谓琴的余音和钟声融合在一起。遗响:犹言余响。霜钟:《山海经·中山经》说:丰山上有九钟,霜降则鸣,所以叫霜钟,意即带有霜气的钟声。

谢 公 亭

　　谢公亭,在宣城北。此诗题下原注云:"盖谢朓、范云之所游。"南齐诗人谢朓任宣城太守时建此亭,曾在这里送别友人范云,写有《谢亭送别》诗。本诗触景生情,表现了李白对谢朓的缅怀,诗境超迈高远。

　　　　谢亭离别处,风景每生愁。
　　　　客散青天月,山空碧水流。
　　　　池花春映日,窗竹夜鸣秋。
　　　　今古一相接,长歌怀旧游。

【翻译】

　　古人送别的谢公亭，

　　它的风景时常引起哀愁。

　　当日客人离去只留下了青天明月，

　　寂寂空山对着碧水长流。

　　到如今春天依旧池花映日，

　　秋夜里仍有窗竹鸣飕飕。

　　我的心灵与当年谢公相接，

　　长歌慷慨为缅怀旧日交游。

宿清溪主人

　　天宝十三载(754)，李白来到池州(今安徽贵池)。这首诗是诗人游清溪时所作。清溪，水名，在池州北。

　　　夜到清溪宿，主人碧岩里①。
　　　檐楹挂星斗②，枕席响风水。
　　　月落西山时，啾啾夜猿起③。

---

　　①"主人"句：主人的家坐落在碧岩里。　②"檐楹"句：形容住宅处所地势很高。檐，房檐。楹，柱子。　③啾啾：猿啼声。

【翻译】

　　今夜我来到清溪住宿，

　　主人家在那层峦叠嶂的绿丛里。

　　屋檐前斜挂着闪烁的星斗，

　　枕席边响声来自长风流水。

　　月落西山的时候，

　　夜猿的啼声又起。

清 溪 行

　　本篇是李白漫游宣城时所作。诗中描写了
清溪山水的秀丽景色，又含蓄表达了诗人抑郁
不得志的苦闷心情。

　　　　清溪清我心，水色异诸水。

　　　　借问新安江①，见底何如此？

　　　　人行明镜中，鸟度屏风里②。

　　　　向晚猩猩啼③，空悲远游子④。

_____

　　① 新安江：浙江的上游，源出安徽黄山。　② 屏风：比喻
重叠的山峦。　③ 向晚：傍晚。　④ 远游子：远游他乡的人，此
指诗人自己。

【翻译】

清溪之水使我心清爽，

清溪水色实在不寻常。

请问清清的新安江，

清澈见底能否比得上？

人像在明镜中行走，

鸟像在屏风里飞翔。

傍晚猩猩啼声哀切，

让我这远行游子空悲伤。

秋浦歌（十七首选二首）

其十四

　　秋浦，地名，在今安徽贵池。唐代属池州。
当时这里已有冶炼银铜的工业。李白目睹冶矿
的劳动场面，写下了反映冶炼工人劳动生活的
诗篇。

　　　　炉火照天地，红星乱紫烟。
　　　　赧郎明月夜①，歌曲动寒川。

────────

　　① 赧（nǎn 难上声）：原意是因羞愧而脸上发红，这里形
容炉匠因用力和火烤而脸红。

【翻译】

炉火照得天地通明，

火星杂着紫色炉烟升上空中。

月光下的炉匠脸膛通红。

他们的歌曲使凄凉溪水为之震动。

其十五

在这首诗中，诗人运用了高度夸张的手法，表现心中无限愁苦，又用"秋霜"借代白发，充满忧伤悲郁的感情色彩。结尾使用反问句式，更增加了艺术的感染力。

白发三千丈。缘愁似个长①。

不知明镜里，何处得秋霜？

【翻译】

白头发啊，长到三千丈，

只因为愁绪是这样长。

明镜中的我啊，

头上从哪里得来秋霜？

———————

① 缘：因。个：这般。

望木瓜山

天宝后期,李白游池州(安徽贵池)时,在青阳木瓜铺望木瓜山而作此诗。

早起见日出,暮见归鸟还。
客心自酸楚,况对木瓜山①。

①"客心"两句:客居他乡,本来已经很心酸,再看到木瓜山,不由得想起酸涩的木瓜,心中就更酸了。木瓜:蔷薇科落叶灌木或小乔木,果实长椭圆形。《千金翼方》说:"木瓜实味酸。"

【翻译】

　　早上起来看见日出，

　　傍晚看见鸟儿飞还。

　　身在异乡本已心酸。

　　何况又面对着木瓜山。

当涂赵炎少府粉图山水歌

当涂，今安徽当涂。粉图，是粉壁上的画图。少府，对县尉的别称，管理治安。在这首诗里，诗人把对画的内容的描绘，对画的作者的赞美与自己观赏画时的感受组织起来，写得很有层次，赵炎在天宝十五载（756，是年七月改元至德）春天由当涂流放南方，本篇写于此时之前。

峨眉高出西极天①，罗浮直与南溟连②。名工绎思

---

① 峨眉：即今四川峨眉山。　② 罗浮：山名，在广东增城东。南溟：南海。

挥彩笔①,驱山走海置眼前。满堂空翠如可扫②,赤城霞气苍梧烟③。洞庭潇湘意渺绵④,三江七泽情洄沿⑤。惊涛汹涌向何处? 孤舟一去迷归年。征帆不动亦不旋,飘如随风落天边。心摇目断兴难尽,几时可到三山巅⑥?西峰峥嵘喷流泉,横石蹙水波潺湲⑦。东崖合沓蔽轻雾⑧,深林杂树空芊绵⑨。此中冥昧失昼夜⑩,隐几寂听无鸣蝉。长松之下列羽客⑪,对座不语南昌仙⑫。南昌

① 绎:蚕抽丝。绎思,思绪连绵,指构思。 ② 空翠:青绿色的山容水态。如可扫:意谓画中的空翠富于立体感,好像可以一层层地扫下来。 ③ 赤城:山名,在今浙江天台北,其土赤色,状如红霞,故云赤城霞气。苍梧:山名,在今湖南宁远南。烟:云烟。 ④ 潇湘:潇水、湘水。湘水源出广西兴安,至湖南零陵西合潇水,称潇湘。 ⑤ 三江七泽:形容河流多。洄沿:逆流而上为洄,顺流而下为沿。 ⑥ 三山:蓬莱、方丈、瀛洲三神山。 ⑦ 蹙:迫。流泉被横石阻挡,水流不畅,所以说蹙水。潺湲(chān yuán 蝉元):水流声。 ⑧ 合沓:高峻、重叠的样子。 ⑨ 芊绵:草木茂盛、蔓衍丛生之状。 ⑩ 冥昧:幽暗。 ⑪ 羽客:汉代方士栾大曾穿羽衣,以羽毛为衣取成仙飞翔之意,后世因称道士所穿之衣为羽衣,称道人为羽客。列:排列。 ⑫ 南昌仙:汉成帝时,九江梅福为南昌尉,王莽专政,他舍弃妻子离开家乡,传说得道成仙。见《汉书·杨胡朱梅云传》。

仙人赵夫子①，妙年历落青云士②。讼庭无事罗众宾③，
杳然如在丹青里④。五色粉图安足珍，真山可以全吾身。
若待功成拂衣去，武陵桃花笑杀人⑤。

【翻译】

峨眉高耸直插西极青天，

罗浮与南海紧紧相连。

名画师巧妙构思彩笔一挥，

好像把高山大海都搬到了眼前：

满堂都是富于立体感的山间翠绿，

那赤城的朝霞与苍梧的云烟。

洞庭渺茫湘水绵远，

江水纵横湖泽上下交连。

惊涛汹涌流向何处？

孤舟一去不知何时返还。

船帆不动也不回旋，

好像随风飘落天边。

---

① 南昌仙人：赵炎为当涂县尉，故以梅福相比，称他为南
昌仙人。 ② 妙年：少年。历落：犹磊落，胸怀坦白。青云士：
高士。 ③ 讼庭：指赵炎的衙署。罗：聚列。 ④ 杳然：深远。
丹青：图画。 ⑤ 武陵桃花：武陵郡桃花源，用陶潜《桃花源
记》典故，这里用作退隐之处的代称。

心情激动张目望远游兴难尽，

何时可到那三座神山的顶巅？

西峰峥嵘瀑布喷洒，

横石当流水波潺湲。

东崖重叠笼罩着薄雾，

林深树杂草木绵延。

树林中幽暗不分昼夜，

凭着几案静听没有鸣蝉。

高高的松树下排列些道人，

南昌仙梅福不语坐在对面。

南昌仙人赵炎夫子，

风流高雅正当妙年。

公事之余请来众客，

悠闲自得在画图中流连。

五彩的图画有何可珍？

真正的山水才可保全我身。

如等到功成名就才去归隐，

那武陵源的桃花也会笑死人。

赠 汪 伦

天宝后期，李白居宣城郡。他漫游宣城泾县（今安徽泾县）桃花潭时，农人汪伦常酿美酒款待李白。这首诗，是李白与汪伦告别时所作。到了宋代，汪氏的后人还珍藏着此诗。

李白乘舟将欲行，忽闻岸上踏歌声①。
桃花潭水深千尺②，不及汪伦送我情。

---

① 踏歌：当地民间一种歌唱艺术。歌时，几个人手拉着手，脚踏节拍而唱。　② 桃花潭：在今安徽泾县西南。

【翻译】

　　李白我上船就要启程，

　　忽听岸上传来踏歌之声。

　　桃花潭水纵然深达千尺，

　　也比不上汪伦送别我的深情。

赠何七判官昌浩

在这首诗中,诗人表现了自己虽已年迈,却不愿做一名白首穷经的儒生,而想做一番大事业的抱负。何昌浩排行第七,故称"何七"。判官,在唐时为采访使或节度使的属员,多掌文书。

有时忽惆怅,匡坐至夜分①。
平明空啸咤②,思欲解世纷。
心随长风去,吹散万里云。

———

① 匡坐:端坐、正坐。夜分:夜半。 ② 平明:黎明。咤(zhà 炸):慨叹。

羞作济南生①,九十诵古文。

不然拂剑起,沙漠收奇勋。

老死阡陌间②,何因扬清芬③?

夫子今管乐④,英才冠三军。

终与同出处⑤,岂将沮溺群⑥。

【翻译】

有时候我忽然惆怅,

端坐到午夜时分。

在黎明又空自长啸悲慨,

想要排除世上的纠纷。

心随着长风而去,

吹散那万里乌云。

羞作济南的伏生,

---

① 济南生:西汉儒者伏生,济南人。在秦时曾为博士,精通《尚书》。汉文帝时,下诏征求通晓《尚书》的人。这时伏生已经九十多岁,不能行走,于是汉文帝派晁错到他家去受业。见《汉书·儒林传》。 ② 阡陌:田间的小路。南北为阡,东西为陌。 ③ 清芬:美名。 ④ 管乐:管仲、乐毅。管仲是春秋时齐相,曾辅佐齐桓公建立霸业。乐毅是战国时燕昭王的丞相,曾率大军攻下齐国七十余城。 ⑤ 出处:出,做官;处,隐居。 ⑥ 沮溺:长沮、桀溺,都是春秋时的隐士。他们曾嘲讽孔丘在列国间奔走不息。

九十岁还诵读古文。

要么就拔剑而起，

横行沙漠建奇勋。

伏处草野直到老死，

如何能把美名传闻？

您是当今的管仲乐毅，

雄才大略勇冠三军。

我终要与您走同一条路，

怎能跟那长沮桀溺去为群！

扶风豪士歌

天宝十五载（756），安禄山在洛阳称帝。他手下的士兵在洛阳城中肆意横行，无恶不作。百姓们纷纷逃难，李白也带领家人逃到南方。三月，他在溧溪（今江苏溧阳）参加扶风豪士家的一次宴会，并写下了这首《扶风豪士歌》。本诗真实地再现了洛阳失守后的悲惨景象，抒发了诗人以天下为己任、要为国建功的胸怀。扶风，郡名，在今陕西凤翔一带。扶风豪士，不知究竟何人。《宁国府志》卷三十一说扶风豪士指万巨，不知有什么根据。洪亮吉《北江诗话》已议其非。又有人考证说是溧阳主簿窦嘉宾，但恐一位县主簿不会像诗中描写得那样豪华。

洛阳三月飞胡沙①，洛阳城中人怨嗟②。天津流水波赤血③，白骨相撑如乱麻。我亦东奔向吴国④，浮云四塞道路赊⑤。东方日出啼早鸦，城门人开扫落花。梧桐杨柳拂金井⑥，来醉扶风豪士家。扶风豪士天下奇。意气相倾山可移⑦。作人不倚将军势⑧，饮酒岂顾尚书期⑨。雕盘绮食会众客⑩，吴歌赵舞香风吹⑪。原尝春陵

---

① 飞胡沙：隐喻安禄山军的反叛，因安禄山等多为胡人。故以"胡沙"为喻。　② 怨嗟：怨恨叹息。　③ 天津：桥名，在洛阳西南洛水之上。　④ 吴国：今江苏一带，古为吴国。此句一作"我亦来奔溧溪上"，则是指溧阳一带。　⑤ 赊(shē 奢)：远。　⑥ 金井：雕饰得很华丽的井栏。　⑦ "意气"句：意气相投，友谊的力量可使山移。　⑧ "作人"句：赞美扶风豪士为人耿介，不倚仗权贵的势力。这句诗是反用辛延年的《羽林郎》诗："昔有霍家奴，姓冯名子都。依倚将军势，调笑酒家胡。"
⑨ "饮酒"句：出自《汉书·陈遵传》。西汉陈遵，为人好客。他经常在宴会时把大门关上，客人即使有急事也走不了。一次有个刺史到朝廷报告事情，经过陈遵家，给关住了。后来刺史去央告陈遵的母亲，说自己已与尚书约好了期限，不能耽误，陈母才让他从后门出去。这句是反用那位客人的故事，意谓扶风豪士自己在饮酒时不会考虑与尚书的约定。
⑩ 雕盘：雕花盘子。绮食：精美的食品。绮，本义是带有花纹的丝织品，这里借以形容食物作得精美。　⑪ 吴歌赵舞：古时吴地人善歌，赵地女子善舞。

六国时^①，开心写意君所知^②。堂中各有三千士，明日报恩知是谁？抚长剑，一扬眉^③，清水白石何离离^④。脱吾帽，向君笑，饮君酒，为君吟。张良未逐赤松去，桥边黄石知我心^⑤。

【翻译】

> 三月的洛阳漫天飞胡沙。
>
> 洛阳城中人人都怨嗟。
>
> 天津桥下的流水翻腾起赤血的波浪，
>
> 白骨互相撑拄犹如乱麻。
>
> 我也被迫向着吴国东下，
>
> 道路漫长又被浮云四方掩遮。

---

① 原尝春陵：战国时代四公子平原君、孟尝君、春申君、信陵君。他们门下各有食客数千人。 ② 开心写意：开诚布公，推心置腹。 ③ "抚长剑"句：化用江晖《雨雪曲》诗句："恐君不见信，抚剑一扬眉。" ④ "清水"句：即水清石见、日久见人心的意思。语出古乐府《艳歌行》："语卿且勿眄，水清石自见。"离离：这里是清晰的意思。 ⑤ "张良"两句：这两句是说诗人希望自己能像张良一样去建功立业，而以黄石隐喻扶风豪士，意谓扶风豪士能理解自己，正如黄石公之能理解张良。据《史记·留侯世家》载：张良曾在下邳桥上遇见黄石公，黄石公送给他太公兵法，使他得以辅佐刘邦建立汉朝。后来张良功成身退，跟随赤松子学仙隐去。

李白诗选译

日出东方唤醒了清晓的啼鸦，

开城的人们正清扫着落花。

梧桐和杨柳轻拂着华丽的井栏，

我却酣饮在扶风豪士之家。

扶风豪士早已被天下称奇，

只要意气相投不惜为朋友把山移。

为人不依仗将军的权势，

饮酒时哪顾得尚书约见的日期。

大会宾客自有雕盘与美食，

吴歌赵舞引来了香风菲菲。

原、尝、春、陵生当六国时，

他的倾心结客你所深知。

堂中各蓄养着三千游士，

到明天真能报恩的却又是谁？

手抚长剑一扬眉，

清水白石原就见得到底。

脱下我的帽来向您微笑，

饮您的美酒再为您歌吟，

张良还没有跟随赤松子去，

桥边的黄石公知道我的心！

西上莲花山（《古风五十九首》其十九）

天宝十四载(755)，安禄山叛军攻陷东都洛阳。次年四月，安禄山在洛阳称帝。此诗大约写于这一时期。诗人用游仙诗的形式，表现了他既欲超然出世，又忧国忧民的矛盾思想感情。

西上莲花山①，迢迢见明星②。素手把芙蓉，虚步蹑太清③。霓裳曳广带，飘拂升天行。邀我至云台④，高揖

① 莲花山：即今陕西华阴的西岳华山。传说山顶有池。生千叶莲花，人吃了可羽化成仙，故名。 ② 明星：传说中华山上的仙女名。《太平广记》卷五十九引《集仙录》："明星玉女者，居华山，服玉浆，白日升天。" ③ 虚步：凌空行走。太清：天空。 ④ 云台：华山东北部的高峰。

卫叔卿①。恍恍与之去,驾鸿凌紫冥②。俯视洛阳川,茫茫走胡兵。流血涂野草,豺狼尽冠缨③。

【翻译】

登上西岳华山山峰,

远远望见仙女明星。

纤纤玉手拿着莲花,

在蓝色天空上凌虚而行。

七彩霓裳抛下宽宽长带,

盈盈身姿向那高天飞升。

她邀我到那云台山上,

拜见久仰的仙人卫叔卿。

与他同去,恍若一片梦境,

骑着飞鸿直上紫霄云层。

回顾尘世,啊!我看见了洛阳大地,

四野茫茫驰突着胡马胡兵。

殷殷鲜血染红了大地野草,

豺狼们一个个顶冠簪缨。

① 高揖:一种拜见的礼节。卫叔卿:神仙名。葛洪《神仙传》卷八载,卫叔卿是中山人,服云母得仙,汉武帝派人跟随卫叔卿的儿子到华山找他,看见他在绝壁下面和几个仙人博戏。 ② 紫冥:紫色的高空。 ③ 豺狼:指安禄山叛军。冠缨:做官的代称。冠,官帽;缨,帽带子。

奔亡道中五首（选三首）

　　天宝十四载(755)，安禄山发动叛乱。为避战乱，李白在次年春匆忙南奔。这组诗是奔亡途中所写，共有五首，这里选了三首。

其　一

　　苏武天山上①，田横海岛边②。

---

　　① 苏武：汉武帝时的中郎将，曾奉命出使匈奴，被拘留在异国牧羊十九年。匈奴多次迫降，他始终坚贞不屈（见《汉书·李广苏建传》）。天山：一名雪山，位于今新疆境内，古时误传为苏武牧羊之处。　② 田横：秦末汉初人，齐王田荣之弟。汉统一天下后，田横与部下五百人逃往海岛。刘邦派人招降，他与部下不肯投降，全都自杀（见《史记·田儋列传》）。

万重关塞断，何日是归年？

其　四

函谷如玉关①，几时可生还？
洛阳为易水②，嵩岳是燕山③。
俗变羌胡语④，人多沙塞颜⑤。
申包惟恸哭⑥，七日鬓毛斑。

---

　　① 函谷：关名。秦代在今河南灵宝西南，汉代移至今河南新安东北。当时函谷关以东的不少土地为安禄山叛军所盘踞。玉关：玉门关，在今甘肃敦煌西北，为古代蕃汉交界处。而此时函谷关以东的不少土地为胡军占领，其西为唐军，函谷关也起蕃汉之界的作用，犹如玉门关。　② 易水：在今河北易县境内，战国时为燕国领土。　③ 嵩岳：中岳嵩山，在今河南登封境内。燕山：在今河北东北部。以上几句诗中的地名，函谷、洛阳、嵩岳全在内地；玉关、易水、燕山均为边关。由于安史之乱，战火烧到中原，安禄山称"大燕皇帝"，所以李白才有"洛阳为易水，嵩岳是燕山"等感叹。　④ "俗变"句：中原沦陷，民俗渐变，到处可以听见羌胡之语。　⑤ 沙塞：北方沙漠地区的边塞。此句意谓在洛阳城中看到的人多是北方来的胡人。　⑥ "申包"句：春秋时，楚国郢都为吴兵占据，楚臣申包胥到秦国求救。秦王最初不肯发兵相救，申包胥就在秦庭恸哭七天七夜，终于感动了秦王，派兵救楚（见《左传·定公四年》）。李白在这里是用申包胥的恸哭比喻自己的爱国激情。

其 五

淼淼望湖水^①,青青芦叶齐。

归心落何处? 日没大江西。

歇马傍春草,欲行远道迷。

谁忍子规鸟^②,连声向我啼?

【翻译】

其 一

苏武牧羊在天山上,

田横的末路是海岛边。

万重关塞都已被隔断,

哪一日才是我的返归之年?

其 四

函谷已经像是玉门关,

---

① 淼淼(miǎo 渺):大水茫茫无际的样子。 ② 子规:即
杜鹃。鸣声凄厉,如曰"不如归去"。

不知何时才能够生还？

在洛阳流动的似易水，

嵩山却等同于边塞的燕山。

民俗已渐被羌胡的方言所改变，

行人多是沙塞胡人的容颜。

申包胥只有在秦庭痛哭，

七天七夜啊鬓发斑斑。

其 五

茫茫的湖水一望无际，

芦叶青青，茂密而整齐。

我那急于返归的心灵落向何处，

红日西沉在大江之西。

靠近青草地放马歇息，

想动身却又路途遥远难以辨认。

谁又能忍心听那杜鹃，

一刻不停地向我悲啼？

北 上 行

　　这首诗作于天宝十五载（756）。当时安禄山的叛军已经占领了洛阳，烧杀抢掠，作恶多端。沦陷区的老百姓流离失所，无家可归。本诗通过对逃难百姓北上太行之苦的描写，生动地再现了这一叛乱给人民带来的巨大灾难。诗的格调拟曹操的《苦寒行》。《苦寒行》的第一句是"北上太行山"，因此李白将自己的诗题名为《北上行》。行，是乐府诗的一种体裁。

北上何所苦,北上缘太行。蹬道盘且峻①,巉岩凌穹苍②。马足蹶侧石③,车轮摧高岗④。沙尘接幽州⑤,烽火连朔方⑥。杀气毒剑戟,严风裂衣裳。奔鲸夹黄河,凿齿屯洛阳⑦。前行无归日,返顾思旧乡。惨戚冰雪里,悲号绝中肠。尺布不掩体,皮肤剧枯桑⑧。汲水涧谷阻⑨,采薪垅坂长⑩。猛虎又掉尾,磨牙皓秋霜。草木不可餐,饥饮零露浆⑪。叹此北上苦,停骖为之伤⑫。何日王道平⑬,开颜睹天光?

【翻译】

向北逃难,最苦的是哪桩?

北上要攀登高高的太行。

---

① 蹬(dèng 邓)道:登山的石径。 ②"巉岩"句:险峻的山岩高过苍天。巉岩,高峻的山石。凌,凌驾。穹苍,苍天。 ③ 蹶:跌倒。 ④ 摧:摧折损坏。 ⑤"沙尘"句:安史叛军掀起的沙土尘雾直和幽州相接。沙尘,指战乱景象。幽州,今河北、辽宁一带,当时是安史叛军的老巢。 ⑥ 朔方:在今宁夏以北、内蒙古西南一带。 ⑦ 凿齿:古代传说中的恶兽。此句中的"凿齿"和前句中的"奔鲸",均指安禄山叛军。 ⑧"皮肤"句:皮肤比干枯的桑树皮还粗糙。剧,甚,厉害。 ⑨ 汲水:打水。 ⑩"采薪"句:要去打柴又山高路远。垅坂,高岗。 ⑪ 零露浆:树上滴下来的露水。 ⑫ 骖:古时指驾在车前两侧的马,诗中指代马车。 ⑬ 王道平:指朝廷平息叛乱,天下太平。

石路曲折而险峻，

山岩高耸青天上。

踩上乱石，骏马被绊倒，

车轮折断，阻滞在山岗。

征尘滚滚远接幽州，

战火熊熊烧到了朔方。

杀气比剑戟还惨毒，

寒风又撕裂了衣裳。

奔鲸钳制了黄河两岸，

凿齿盘踞在东都洛阳。

往前逃亡谅已没有归来的日子。

回首远望深深地思念着故乡。

冰天雪地里多么凄惨忧伤，

放声痛哭啊摧断了肝肠。

几块布片难以遮体，

皮肤粗糙赛过枯桑。

要去汲水却被沟谷阻挡，

想砍些柴无奈又山高路长。

猛虎再次摇起了尾巴，

磨动着的牙齿白似秋霜。

野草树皮既不能吃，

饥饿时只能喝些树上落下的露浆。

叹息着这北上的苦难，
我停下车马无限悲伤。
何时才能天下太平，
让人们绽开笑脸重见天光？

赠王判官时余归隐庐山屏风叠

　　至德元载(756)，李白隐居庐山屏风叠(今江西庐山五老峰下，形如九叠屏风)。当时安禄山及其部将史思明十分猖獗，洛阳以北的广大地区全部沦陷。京师长安也在这一年为叛军攻破。当此危急关头，李白欲为国效力而无人赏识，心情十分悲愤而又失望。这首诗便真实地表现了诗人的情感。

　　昔别黄鹤楼①，蹉跎淮海秋②。俱飘零落叶，各散洞

---

　　① 黄鹤楼：故址在今湖北武汉武昌。传说仙人王子安乘黄鹤经过这里，是古代的名胜。　② 蹉跎：虚度时光。淮海：指今江苏扬州一带。开元年间，李白曾由湖北东游扬州。

庭流①。中年不相见,蹭蹬游吴越②。何处我思君? 天台绿萝月③。会稽风月好,却绕剡溪回。云山海上出,人物镜中来④。一度浙江北⑤,十年醉楚台⑥。荆门倒屈宋⑦,梁苑倾邹枚⑧。苦笑我夸诞⑨,知音安在哉? 大盗割鸿沟⑩,如风扫秋叶⑪。吾非济代人⑫,且隐屏风叠。中夜天中望⑬,忆君思见君。明朝拂衣去,永与海鸥群⑭。

---

①"各散"句:这句是说与王判官分手,如同洞庭湖分散的支流一样。　②蹭蹬(cèng dèng 层登去声):不得志。③天台:山名,位于今浙江天台北。绿萝:即女萝、松萝,地衣类植物。　④镜中:形容水清如镜。　⑤浙江:在浙江境内,有南北二源。北源名新安江,南源名兰溪。两源合流后,总称浙江。其下流各段,有桐江、富春江、钱塘江等名。　⑥十年:形容时间很长,不是确数。楚台:古代楚国的楼台亭榭。⑦荆门:山名,在今湖北宜都西北。此诗中泛指荆楚一带。倒:压倒。屈宋:屈原和宋玉。　⑧梁苑:即汉代梁孝王的兔园,位于今河南商丘东。倾:倾倒,亦有压倒意。邹枚:邹阳和枚乘。这两句是说自己的才华超过了古代著名作家。⑨夸诞:浮夸、荒诞。　⑩大盗:指安禄山。鸿沟:即今河南贾鲁河。楚汉相争时,曾一度以鸿沟为界。这句是形容安史乱军割据的区域很大。　⑪"如风"句:形容叛军来势迅猛。⑫济代:济世。唐人避唐太宗李世民的名讳,改"世"为"代"。济世,即匡时救世。　⑬中夜:夜半。　⑭"永与"句:永远与海鸥为伍,指过隐居生活。

【翻译】

当年在黄鹤楼与你分手，

我东游淮海虚度了春秋。

你我都像飘零的落叶，

各自分散好似洞庭的支流。

中年以后便没再见面，

我失意地在吴越漫游。

我想念你在什么地方？

只见天台女萝月当头。

会稽的风光美，

剡溪环绕水萦回。

云山仿佛从海上生出，

人物像是在明镜中往来。

自从北渡浙江后，

十年沉醉在楚台。

在荆州我压倒了屈、宋。

在梁苑我凌驾邹、枚。

但人们苦苦地笑我夸诞，

真正的知音究竟何在？

安禄山叛军把国家割裂，

声势迅疾有如风扫落叶。

我不是拯救国家的能人，

暂且隐居在庐山屏风叠。

半夜里起来仰望长天，

思念你多么想和你见面。

明早我要拂衣而去，

永远和海鸥相伴相怜。

赠钱征君少阳

征君，指曾被朝廷征聘的人。李白写此诗时钱少阳年已八十余。在李白的另一首诗《赠潘侍御论钱少阳》中曾说他"眉如松雪齐四皓"，对他很推重。此诗赞扬了钱少阳年老而仍怀出仕建功的抱负，同时也反映了诗人自己虽在晚年而壮心不已的气概。

白玉一杯酒，绿杨三月时。
春风余几日，两鬓各成丝。
秉烛唯须饮，投竿也未迟①。

---

① 投竿：钓鱼。

如逢渭水猎，犹可帝王师①。

【翻译】

白玉般的杯中斟满酒，

正是绿杨葱翠三月时。

春风还剩有几日暖，

两鬓皆已雪白如丝。

秉烛夜游还要纵饮，

学着钓鱼也不算太迟。

如碰上文王渭水打猎，

仍然可以作帝王之师。

---

①"如逢"两句：此时钱少阳已八十多岁，所以用吕望为喻。吕望钓于渭水上游磻溪，正巧碰上周文王前来打猎，周文王便和他同车而归，拜他为师。见《史记·齐太公世家》。

永王东巡歌十一首（其二）

　　这是李白在永王军幕中所作组诗。永王，名璘，唐玄宗第十六子。天宝十五载（756），安史叛军攻陷潼关，玄宗逃往四川。途中下诏命李璘为山南东路及岭南、黔中、江南西路四道节度采访使，江陵郡大都督。同年十二月，璘擅率舟师顺江东下。途经九江时，派人征召隐居庐山的李白。白应召参加李璘幕府。至德二载（757），永王璘被唐肃宗李亨打败，为江西采访使皇甫侁所杀。李白也坐永王璘罪流放夜郎。诗中以东晋名将谢安自比，抒发了廓清海宇、报效国家的英雄襟怀。

三川北虏乱如麻①,四海南奔似永嘉②。

但用东山谢安石③,为君谈笑静胡沙。

【翻译】

叛军在三川狼奔豕突纷乱如麻,

举国南逃好似晋代的永嘉。

只要您起用了隐居东山的谢安石,

谈笑间就可以清除胡兵扬起的尘沙。

---

① 三川:今河南北部黄河西岸一带。战国和秦代曾设三
川郡,其他有黄河、洛水、伊水,所以叫三川。此指洛阳一带。
② 永嘉:晋怀帝年号。永嘉五年(312),前赵刘曜攻陷洛阳,
怀帝被俘,海内大乱,中原人相率南奔,避乱江东。 ③ 谢安石:
东晋名相。名安,字安石。据《晋书·谢安传》载,谢安曾隐
居会稽的东山,后出为大臣。晋孝武帝太元八年(383),前秦苻
坚率百万大军南侵。谢安从容不迫,遣将大破苻坚于淝水。

早发白帝城

乾元二年(759),李白长流夜郎,行至夔州奉节县白帝城,遇赦得释,回到江陵。本诗就是途中所作。诗中抒写了他遇赦后欣喜的心情。白帝城,在今重庆奉节东。

朝辞白帝彩云间,千里江陵一日还。
两岸猿声啼不住,轻舟已过万重山。

【翻译】

早晨告别白帝城在彩云间,
远隔千里的江陵一日回还。
两岸的猿啼声还萦绕耳畔,
一叶轻舟早驶过万重青山。

与史郎中饮听黄鹤楼上吹笛

乾元二年(759),李白在遇赦东归途中,在武昌与史郎中(官名)一起饮酒,听人在黄鹤楼上吹笛,触发了自己内心的惆怅,于是写下此诗以抒情怀。"饮"字一本作"钦"。

一为迁客去长沙①,西望长安不见家②。
黄鹤楼中吹玉笛,江城五月落梅花。

---

① 迁客:被贬到外地的官吏。长沙:据《史记·屈原贾生列传》的记载,贾谊在朝廷受到权贵的排挤,被贬为长沙王太傅。在这首诗中,李白是以贾生自喻。 ② 家:李白的家并不在长安,但古人往往"以官为家"(参见吴昌祺《删订唐诗解》卷十三),因此李白将被贬出京、报国无门比为"西望长安不见家"。

【翻译】

自从贬官被迁往长沙，

西望长安再也看不见家。

黄鹤楼中吹起了玉笛，

江城五月竟有梅花落下。

陪族叔刑部侍郎晔及中书
贾舍人至游洞庭五首（其二）

唐肃宗乾元二年（759）秋，刑部侍郎李晔贬官岭南，行经岳州（今湖南岳阳），与李白相遇。中书舍人贾至此时亦谪居岳州。三人同游洞庭，白写下了这一组诗。诗写月白风清的良宵美景，充满逸思奇趣，颇富浪漫情韵。中书舍人是为皇帝起草诏令的官。

南湖秋水夜无烟①，耐可乘流直上天②？

且就洞庭赊月色，将船买酒白云边。

---

① 南湖：指洞庭湖，因在岳州西南，故称"南湖"。 ② 耐可：怎么能够。

【翻译】

南湖秋水夜来澄明无烟，

怎么能沿着湖水直飞上天？

姑且就着洞庭湖光赊来点月色，

驾船买酒，陶醉在那白云天边。

陪侍郎叔游洞庭醉后三首（其三）

　　侍郎叔指李白族叔刑部侍郎李晔。本诗与《陪族叔刑部侍郎晔及中书贾舍人至游洞庭五首》当为后先之作。

　　划却君山好①，平铺湘水流②。
　　巴陵无限酒③，醉杀洞庭秋。

---

　　① 划（chǎn 产）却：削去。君山：洞庭湖中小岛。　② 湘水：洞庭湖主要由湘江潴成，这里所谓湘水即指洞庭湖水。③ 巴陵：隋大业及唐天宝、至德时改岳州为巴陵郡，治所即今湖南岳阳。

【翻译】

> 划去君山该有多好！
> 湘水平铺一望无边。
> 巴陵美酒无穷无限，
> 共同醉倒在洞庭湖的秋天。

鹦 鹉 洲

这首诗是李白上元元年(760)自零陵归至江夏时作。鹦鹉洲：在今湖北武汉汉阳西南，建安时代著名文学家祢衡作《鹦鹉赋》于此洲，因以为名。诗人运用流畅自然的语言描绘了鹦鹉洲附近美丽的景色，同时运用反衬的手法，表达了诗人经过无数磨难后仍然漂泊不定的凄苦心境。

鹦鹉来过吴江水①，江上洲传鹦鹉名。

———————————

① 吴江：指武昌一带的长江。武昌在三国时属吴，故云吴江。

鹦鹉西飞陇山去①，芳洲之树何青青②。

烟开兰叶香风暖，岸夹桃花锦浪生③。

迁客此时徒极目④，长洲孤月向谁明？

【翻译】

鹦鹉曾经来到吴江的岸边，

江上的小洲传出鹦鹉的美名。

鹦鹉已向西飞回到陇山，

芳洲上的树木郁郁青青。

春日暖风吹开烟雾传来兰叶的香味，

两岸桃花落入江水形成锦浪升腾。

被迁谪的旅人此时徒然极目远望，

鹦鹉洲上的孤月究竟为谁而明？

---

① 陇山：在今陕西、甘肃两省界。相传鹦鹉产自陇西。《文选》祢衡《鹦鹉赋》云："惟西域之灵鸟兮。"李善注："西域，谓陇坻出此鸟也。" ② 芳洲：洲上芳草丛生，所以叫芳洲。崔颢《黄鹤楼》诗："晴川历历汉阳树，芳草萋萋鹦鹉洲。" ③ 锦浪：指桃花或其花瓣落入江中的情状。锦是色彩缤纷的丝织物。桃花夹岸，花瓣落入江浪，非常美丽，所以用锦来形容。 ④ 迁客：被谪迁的人，此处指诗人自己。

庐山谣寄卢侍御虚舟

　　卢虚舟,字幼真,范阳人,肃宗时曾官殿中侍御史,所以称他侍御。据此可以推知这是李白晚年的作品。诗中描写庐山雄伟壮丽的景色,气势豪迈飘逸。

　　我本楚狂人,凤歌笑孔丘①。手持绿玉杖②,朝别黄鹤楼。五岳寻仙不辞远,一生好入名山游。庐山秀出南

　　① 楚狂人:指春秋时楚国人接舆。孔子到楚国,接舆在他车旁唱歌,首句云:"凤兮,凤兮! 何德之衰!"故称凤歌。见《论语·微子》篇。 ② 绿玉杖:镶有绿色玉石的手杖。

斗傍①,屏风九叠云锦张②,影落明湖青黛光③。金阙前开二峰长④,银河倒挂三石梁⑤。香炉瀑布遥相望⑥,回崖沓嶂凌苍苍⑦。翠影红霞映朝日,鸟飞不到吴天长⑧。登高壮观天地间,大江茫茫去不还。黄云万里动风色,白波九道流雪山⑨。好为《庐山谣》,兴因庐山发。闲窥石镜清我心⑩,谢公行处苍苔没⑪。早服还丹无世情⑫,琴心三叠道初成⑬。遥见仙人彩云里,手把芙蓉朝玉

---

① 南斗:星名,即二十八宿里的南斗星座。古代天文学认为庐山所在的一带地方属于南斗的分野。 ② 屏风九叠:山的形状像屏风。庐山五老峰有叠石如屏,称为九叠云屏或屏风叠。 ③ 青黛:青黑色。 ④ 金阙:庐山有金阙岩,又名石门。 ⑤ 三石梁:屏风叠之左有三叠泉,水势三折而下,如银河挂在石梁上,故称。 ⑥ 香炉:峰名。 ⑦ 沓嶂:即叠嶂。凌:凌越。苍苍:天。 ⑧ 吴天:庐山一带地方,春秋时属吴国,故云吴天。不到:指鸟可以一直前飞,永无终点。 ⑨ 白波九道:据古代传说,长江流至九江,分为九道。雪山:指江中波浪如雪山。 ⑩ 石镜:《太平寰宇记》载:石镜山在山东面悬崖之上,圆形,能照见人影。 ⑪ 谢公:谢灵运,他曾游庐山,他的《入彭蠡湖口》诗有"攀崖照石镜"之句。 ⑫ 还丹:道家炼丹,把丹烧成水银,积久又还成丹,就叫还丹,认为吃了可以成仙。世情:世俗之情。 ⑬ 琴心三叠:道教术语。琴,和也。叠,积。道家说丹田穴有三:在脐下为丹田,在心下为中丹田,在两眉间为上丹田。修道者练功,心静气匀,使三丹田和积如一,叫琴心三叠。

京①。先期汗漫九垓上②，愿接卢敖游太清③。

【翻译】

我本是楚狂接舆，

唱着凤歌嘲笑孔丘。

手拿镶着绿玉的手杖，

早晨告别黄鹤楼。

五岳寻仙不嫌路途遥远，

一生好去名山大川遨游。

庐山耸立在南斗星旁，

九叠屏风锦绣般辉煌，

倒影在明湖中泛着青黑色光芒。

二峰并立像金门开张，

瀑布如银河倒挂在三层石梁。

香炉峰与瀑布遥遥相望，

① 玉京：道教大神元始天尊的住处。 ② 期：约会。汗漫：不可知的事物。九垓：九天。 ③ 卢敖：据《淮南子·道应训》载：卢敖周游世界，到了北方，遇见一个形状奇特的土人。卢敖要他和自己结伴同游北阴之地。那人笑着答道："我和汗漫已有约会在九垓之上，不能久留在这里。"说罢，耸身跳入云中。卢侍御与卢敖同姓，此处既是用典，同时也隐喻卢侍御。太清：指天空极高处。道教以玉清、上清、太清为三天。

重崖叠嶂高耸入九天之上。

翠绿的山影与红霞映着朝日，

吴地辽阔，长空无际任鸟飞翔。

登上山顶放眼天地之间，

大江茫茫一片东去不还。

风卷黄云漫布万里天空，

九道白波流动如雪山。

好吟《庐山谣》，兴从庐山发。

安然照着石镜使人心地清明，

谢公走过的地方却已为苍苔泯没。

早早服食仙丹去掉世俗之情，

心静气匀精神愉快修道初成。

远远看见彩云里站着仙人，

手拿着莲花去朝拜玉京。

我和汗漫先约好在九天相见，

愿接待卢侍御你共游太清。

登金陵凤凰台

　　凤凰台,在金陵(今江苏南京)西南。相传南朝刘宋元嘉十六年(440),有三只大鸟翔集山上,文彩五色,状似孔雀,时人谓之凤凰。于是在此山筑台,称山为凤凰山,台为凤凰台。凤凰台是一方名胜。稍早于李白的诗人崔颢写有《黄鹤楼》诗:"昔人已乘黄鹤去,此地空余黄鹤楼。黄鹤一去不复返,白云千载空悠悠。晴川历历汉阳树,芳草萋萋鹦鹉洲。日暮乡关何处是?烟波江上使人愁。"李白创作此诗,可能受了崔诗影响。但崔诗结以游子乡关之思,李白此诗则表达了他忧国恋君的思想感情。

凤凰台上凤凰游,凤去台空江自流。

吴宫花草埋幽径,晋代衣冠成古丘。

三山半落青天外①,二水中分白鹭洲②。

总为浮云能蔽日③,长安不见使人愁。

【翻译】

金陵的凤凰台上,

曾经有凤凰来游。

凤去了,台空了,

只剩下江水空自流。

吴国宫苑的花草,

踏成了幽僻的小路。

东晋的上层名流,

只留下一座座坟丘。

三山隐隐约约,

---

① 三山:在金陵城西南的长江边上,三座山峰南北相连,故名三山。 ② 二水:一作"一水"。白鹭洲:在金陵西三里的大江中,秦淮河入江,白鹭洲横截其间,分流为二。 ③ 浮云:既是诗人西北望长安所见实景,又比喻在皇帝面前拨弄是非、蒙蔽皇帝的奸佞之人。

仿佛半落在青天之外；

大江分成二水，

中间隔着一个白鹭洲。

普照天下的太阳，

总被那浮云遮住，

看不见长安城，

使我愁绪悠悠。

宿五松山下荀媪家

　　五松山，在今安徽铜陵南。媪（ǎo 袄），老年妇女的泛称。作者漫游江南等地，偶然投宿在五松山下一位姓荀的老妇人家，受到殷勤款待，感激之余写下此诗。诗中表达了他对劳动人民的真挚感情。

　　　　我宿五松下，寂寥无所欢。

　　　　田家秋作苦，邻女夜舂寒。

　　　　跪进雕胡饭①，月光明素盘。

---

　　① 雕胡：菰米，菰在不结茭白的情况下长的籽实。色白滑腻，可做饭，称"雕胡饭"。

令人惭漂母^①,三谢不能餐。

【翻译】

我投宿在五松山下,

寂寞冷落郁郁寡欢。

农家在秋季里劳作辛苦,

邻女舂米不顾夜深天寒。

老大娘恭敬地奉上雕胡米饭,

月光照射着洁白的饭盘。

想起韩信和漂母令人羞惭,

再三地道谢不忍下咽。

---

① 漂母:洗衣的老大娘。据《史记·淮阴侯列传》载,汉将韩信在穷困未遇时,曾在淮阴城下钓鱼。有一位漂母见他饥饿,便送给他饭吃。后来韩信建立功勋,曾以千金报答漂母。这里以漂母比荀媪,为自己的垂老之年而不能建立功勋深感惭愧。他这样的暮年寥落,与过去的"数十年为客,未尝一日低颜色"就不可同日而语了。

哭宣城善酿纪叟

纪叟是宣城(今安徽宣城)一带有名的酿酒师,也是李白晚年的好友之一。本诗为悼念纪叟而作,深切地表达了对亡友的悼念之情。

纪叟黄泉里①,还应酿老春②。
夜台无李白③,沽酒与何人?

---

① 黄泉:本指地下深处,引申为葬身之处。 ② 老春:是纪叟所酿的酒名。唐代名酒,多带"春"字,如"土窟春"、"石冻春"等(参见李肇《国史补》)。 ③ 夜台:坟墓。墓中不见光明,如同长夜,故称夜台。

【翻译】

　　九泉下的亡友纪叟，

　　大概还继续酿造着老春。

　　只是夜台找不到李白，

　　你这酒可卖给何人？

妾薄命

　　《妾薄命》是乐府古题，内容多写妇女的哀怨。李白这首诗借汉武帝陈皇后的故事，反映封建社会妇女被遗弃的命运。揭示了封建社会妇女以色事人、色衰爱弛、难以掌握自己命运的悲惨事实。在艺术上运用鲜明的对比、贴切的比喻，形象中含蕴着深刻的理趣。

汉帝重阿娇,贮之黄金屋①。咳唾落九天,随风生珠玉②。宠极爱还歇,妒深情却疏③。长门一步地,不肯暂回车④。雨落不上天,水覆难再收。君情与妾意,各自东西流⑤。昔日芙蓉花,今成断根草⑥。以色事他人,能得几时好?

---

①《汉武故事》:"胶东王(汉武帝刘彻)数岁,长公主抱置膝上问曰:'儿欲得妇否?'长公主指左右长御百余人,皆云不用。指其女:'阿娇好否?'笑对曰:'好! 若得阿娇作妇,当作金屋贮之。'长公主大悦,乃苦要上(汉武帝的父亲景帝),遂定婚焉。"重:看重。贮:藏。 ②"咳唾"句形容阿娇作了皇后以后的高贵,她的唾沫也被人看作珠玉,从天空高处落下。以珠喻唾,出于《庄子·秋水》:"子不见夫唾者乎? 喷则大者如珠,小者如雾。" ③"宠极"二句:写汉武帝与阿娇感情的破裂。据《汉武故事》载,武帝即位,长公主求欲甚多,很惹武帝生气,阿娇又娇妒,武帝逐渐对她疏远。阿娇企图让武帝对她重新宠爱,叫女巫作巫术。武帝得知,废陈皇后(阿娇姓陈),让她退居长门宫。歇:停止。 ④"长门"二句:形容武帝对陈阿娇感情淡薄,长门宫虽然很近,武帝也不愿回车去看阿娇。 ⑤"君情"二句:说两人不再和好,像分流东西的水一样。古乐府《白头吟》:"沟水东西流。"以东西分流的水比夫妇分离。 ⑥"昔日"二句:以鲜艳的芙蓉花比喻阿娇得宠时的欢乐,以枯萎的断根草比喻她失宠后的痛苦。

【翻译】

汉武帝曾经多么喜欢阿娇，

他将她立为皇后藏在金屋。

皇后的唾沫从九天而落，

随风会生出晶莹的珠玉。

受宠到极点恩爱就要衰弛，

嫉妒太过分感情便会生疏。

虽然离长门宫不过一步地，

武帝却不肯为她暂且回车。

落下的雨点不会再飞上天，

泼出的水难以再回收。

你的感情和我的心意，

已仿佛河水东西奔流。

昔日好比是鲜艳的芙蓉花，

今日变作枯萎的断根草。

靠红颜来侍奉他人，

能保持多少时间的美好！

山中与幽人对酌

　　李白这首诗运用直率纯真的语言,写自己
与友人毫无嫌猜的山林生活和深厚情谊。诗人
用眼前景、口头语,展现了自己不拘礼节、洒脱
自由的气质。

　　两人对酌山花开,一杯一杯复一杯。
　　我醉欲眠卿且去①,明朝有意抱琴来。

---

　　① 卿:古代对对方的一种礼貌性的称呼,用于平辈之间;
地位高的人对地位低的人为了表示尊重,也可使用。《宋书·
陶潜传》记载:陶潜(渊明)为人直率,朋友到他家去,有酒则与
朋友同饮,他如先醉,便对朋友说:"我醉欲眠,卿可去。"

【翻译】

　　我们对酌时四周山花盛开，

　　一杯一杯又是一杯。

　　我醉了想睡你暂且去吧，

　　明天有兴请再把琴抱来。

把 酒 问 月

　　李白在诗题下自注云:"故人贾淳令予问之。"可见本篇是应老友之请而写。诗中表现了诗人旷达的胸怀。全诗写得浑成自然,充满逸趣。

　　青天有月来几时? 我今停杯一问之。

　　人攀明月不可得,月行却与人相随。

　　皎如飞镜临丹阙①,绿烟灭尽清辉发②。

　　但见宵从海上来,宁知晓向云间没。

---

　　① 丹阙:红色的宫阙。　　② 绿烟:指暮霭。

白兔捣药秋复春①，嫦娥孤栖与谁邻②？

今人不见古时月，今月曾经照古人。

古人今人若流水③，共看明月皆如此。

唯愿当歌对酒时④，月光长照金樽里。

【翻译】

青天上的明月你出现在何时？

向你请教，我停下了酒卮。

人要攀上明月自不可得，

月亮却跟人紧紧相随。

好像是皎洁的明镜飞临丹阙，

当暮霭散尽时清辉勃发。

只见夜间从海上升起，

哪知早晨又向云间隐没。

白兔捣药从秋忙到春，

独居的嫦娥究竟与谁为邻？

---

① 白兔捣药：古代传说月中有白兔捣药。傅玄《拟天问》："月中何有？白兔捣药。" ② 嫦娥：古代神话说：后羿的妻子嫦娥，偷吃了羿的仙药，成为仙人，奔入月中。见《淮南子·览冥训》。 ③ 若流水：像流水一般相次逝去。 ④ 当歌对酒：在唱歌喝酒的时候。曹操《短歌行》："对酒当歌，人生几何！""对""当"同义。

今人见不到古时月，

今月却曾照古人。

古人今人如水一般流逝，

大家眼中的月亮却都如此。

但愿在对酒放歌的时刻，

有月光长照在我们的金樽里。

从 军 行

古《相和歌》平调七曲之一，内容是军旅辛苦之词。本诗歌颂一位身经百战的沙场老将。

百战沙场碎铁衣，城南已合数重围。
突营射杀呼延将①，独领残兵千骑归。

---

① 突营：突围。呼延：匈奴四姓：呼延氏、卜氏、兰氏、乔氏，而呼延氏最贵。见《晋书·匈奴传》。

【翻译】

　　沙场百战铁衣都破碎，
　　城南已被敌军重重包围。
　　突围时射杀匈奴大将呼延氏，
　　独领千骑残兵胜利而归。

玉 阶 怨

　　此诗写一妇女独望秋月,夜深不寐。无一字言怨,而幽怨之意隐然见于言外。

　　　玉阶生白露,夜久侵罗袜。
　　　却下水精帘①,玲珑望秋月②。

【翻译】

　　玉石台阶上不断滋生白露,
　　随着愈益深沉的夜色侵入了罗袜。
　　转身回屋放下水晶珠帘,
　　从帘内再望那秋月明亮。

──────────

　　① 水精:水晶。　② 玲珑:月光明亮的样子。

送 友 人

　　这首送别诗写得情景交融,有声有色,表现了诗人对友人的绵绵情意。

　　　　青山横北郭①,白水绕东城。

　　　　此地一为别,孤蓬万里征②。

　　　　浮云游子意,落日故人情。

　　　　挥手自兹去,萧萧班马鸣③。

　　① 郭:外城。古代的城有内城、外城。　② 蓬:蓬草,一名飞蓬,常随风飘转。孤蓬,比喻独身漂泊不定的旅人。　③ 萧萧:马嘶叫声。《诗经·车攻》:"萧萧马鸣。"班马:离群的马。

【翻译】

　　一脉青山横亘城北，

　　一弯白水绕着城东。

　　你在此地和我相别，

　　独自漂泊如同飞蓬。

　　浮云飘移不定像游子的心意，

　　落日徐下像我们依恋的心情。

　　临去时挥手再挥手，

　　马也不忍离别而放声长鸣。

静　夜　思

　　此诗写游子思乡之情。情真意真，构思细
致深曲，质朴天然，最见李白绝句特色。

　　　床前明月光，疑是地上霜。
　　　举头望明月，低头思故乡。

【翻译】

　　望床前皎洁的月光，
　　原以为是地上的寒霜。
　　抬起头来才看到天上明月。
　　却又低下头去想着故乡。

怨　情

　　此诗写一个女子的愁怨之情，含蓄婉转，意味深长。

　　　　美人卷珠帘，深坐颦蛾眉①。
　　　　但见泪痕湿，不知心恨谁。

【翻译】

　　美丽的年轻女子卷起了珠帘，
　　久久地痴坐深锁着弯弯双眉。
　　只看见她脸上湿漉漉的泪痕，
　　不知道使她伤心的究竟是谁。

————————————

　　① 深坐：久坐。颦蛾眉：皱眉。

结 袜 子

　　《乐府诗集》卷十四《杂曲歌辞》有后魏温子升的《结袜子》诗,《结袜子》可能是当时曲名。李白此诗属于古题新意,赞扬了古代侠客知恩重义、舍生忘死的精神。李白的任侠思想,在此诗中得到充分反映。

燕南壮士吴门豪①,筑中置铅鱼隐刀②。

感君恩重许君命,太山一掷轻鸿毛③。

【翻译】

燕南的壮士,

吴国的英豪;

筑里暗藏铅块,

鱼腹中隐有宝刀。

感念您的深恩,

愿意以死相报;

重如泰山的生命,

慷慨一掷犹如鸿毛!

---

① 燕南壮士:指战国时燕人高渐离。吴门豪:指春秋时吴人专诸。 ② 筑中置铅:筑为古代乐器,形似琴,十三弦。据《史记·刺客列传》载:高渐离善于击筑。燕亡后,他把铅块藏在筑里,借为秦始皇演奏机会,举筑扑击始皇。不中,被杀。鱼隐刀:《史记·刺客列传》又载:伍子胥知吴公子光(阖闾)想杀掉吴王僚,就推荐专诸给公子光。公子光邀王僚宴饮,专诸把匕首放在鱼腹中,捧到席前,乘机从鱼腹中抽出匕首刺死王僚。专诸也被王僚手下人杀死。 ③ 太山:即泰山。

《古代文史名著选译丛书》编纂始末①

马樟根　安平秋

今年 1 月,《古代文史名著选译丛书》已经出到 100 种 101 册(其中《史记》为 2 册)。4 月份,最后的 33 种也已交稿。这样,全书 133 种即将呈献在读者面前。② 一项服务当前、造福子孙的普及优秀古代文化、进行爱国教育的大工程将宣告完工了。回想

———————

①《古代文史名著选译丛书》由全国高校古籍整理研究工作委员会主持,古委会直接联系的 18 个古籍整理研究所为主要承担机构,章培恒、安平秋、马樟根任主编。本文于 1992 年 4 月,在《中国典籍与文化》杂志发表时题目是《衣带渐宽终不悔——〈古代文史名著选译丛书〉编纂始末》。这次将此文作为 2011 年修订版附录时,去掉原正标题,以原副标题为正式题目。　② 至 1994 年 4 月最后定稿时,全书为 135 部。2011 年修订版出版时,全书为 134 部。

这一套丛书动员 18 所院校,投入 100 余人,从 1985 年筹划,1986 年起步,到今天已度过了六七年的岁月,个中甘辛令人难以忘怀。

一、北大·苏州·北大
——酝酿与筹划

编纂这样一套丛书,起因于 1981 年 7 月。当时陈云同志派人到北京大学召开了小型座谈会。来人告诉与会人员陈云同志最近在考虑两个问题:一个是粮食,一个是古籍整理。对古籍整理,特别讲到陈云同志说:"整理古籍,为了让更多的人看得懂,仅作标点、注释、校勘、训诂还不够,要有今译,争取做到能读报纸的人多数都能看懂。有了今译,年轻人看得懂,觉得有意思,才会有兴趣去阅读。今译要经过选择,要列出一个精选的古籍今译的目录,不要贪多。"这就是后来收入《陈云文选》的那段话。1981 年 9 月,中共中央关于整理我国古籍的文件中一字不差地强调了这段话。1983 年,教育部成立了全国高校古籍整理研究工作委员会(简称古委会)。古委会主任周林同志根据中央和陈云同志意见,提出了组织力量今译古籍。但在当时,经过"文革"后的古籍整理工作百废待兴,加之一些学者对今译重要性的认识远非今日之深,这一工作一拖便是两年。

1985年5月,全国高校古委会在苏州召开了一届二次会议。周林同志在会上作了"人才培养和古代文化遗产普及问题"的专题发言,他分析了"解放三十多年来,由于'左'的路线干扰,特别是'文化大革命',几乎使我们的民族文化到了中断的边缘,出现了对古代文化知之不多,或知之甚少的状况",要教育界的同志"做好普及古代文化知识的工作",搞好古籍的今注今译就是其中的一项重要任务,"高校古委会要在这方面多下功夫","高校古籍研究所无疑应担负起这个任务"。他针对当时一些人轻视古籍的今注今译思想,呼吁"我们对于选本、今译等有利于教育普及的东西,应承认它的学术价值","《昭明文选》、《唐诗三百首》、《古文观止》等是地道的选本,流传几百年,发生那么大的影响,能说没有水平?""专家们深入浅出的在对古文献研究基础上的译注,对普及古代优秀文化作出重大贡献,算不算高水平的成果呢?""古文既要译得恰当、准确,又要通畅易懂,难度是很大的","为了社会主义精神文明建设,古籍整理这方面也要作出应有的贡献"。一石激浪,沉寂了几年的今译古籍的话题又重新活跃起来。会上作了一番认真讨论。

经过这样的酝酿,1985年7月,全国高校古委会科研项目评审组的专家们聚集在北京大学勺园,筹划编纂一套古籍今译的精选本。初步定名为《古籍今译丛书》,议定了收书范围、内容,开列了65种书的选目。并决定由科研项目专家评审组召集人、复旦大学古籍所所长章培恒教授和参加过陈云同志在北大召开座谈会、当时古委会主管科研工作的副秘书长安平秋同志共同负责,与秘书处同志一起具体筹划。经几个月的筹备,决定由古委会直接联系的18个高校古籍研究所承担这一工作,组成编委会,并开列出89种书的选目,对选译的进度、规划亦作了设计。此时,几家出版社闻讯而至,表示愿意出版这套丛书。最早与我们联系的巴蜀书社的段文桂社长以其强烈的事业心和对古籍今译的高度重视感动了我们,于是决定邀请巴蜀书社编辑参加第一次编委会议。

二、从柳浪闻莺到桂子山上

——第一批书稿的产生

第一次编委会于1986年5月在杭州柳莺宾馆

召开。宾馆因位于西湖十景之一的柳浪闻莺而得名。全国高校18个研究所的24名学者和有关人员聚集在这风景胜地，无心观柳，亦无从闻莺，紧张地工作了三天。会上确定了这套普及读物的读者对象是具有中等以上文化程度的广大群众，收书范围是中国历代文史名著，在名著之中选精。所选书目，在原拟89种基础上，调整为116种，以形成系统性。书中选篇之下分提示、原文、今译、注释四部分，以译文为主，书前有一前言，书中加入必要的插图。每一种书约10—15万字。书名确定为《古代文史名著选译丛书》。即由到会的24位学者组成丛书编委会①，由章培恒、马樟根、安平秋三人任主编。于是，编委会立即分成三个工作小组，在会上分头拟出丛书《凡例》、《编写、审稿要求》和《文稿书写格式》，经讨论修改而形成了正式文字以供遵循。在

---

① 编委会成员按姓氏笔划排列为：

马樟根	平慧善	安平秋	刘烈茂	许嘉璐	李国祥
金开诚	周勋初	宗福邦	段文桂	董治安	倪其心
黄永年	章培恒	曾枣庄（以上为常务编委）
王达津	吕绍纲	刘仁清	刘乾先	李运益	杨金鼎
曹亦冰	常绍温	裴汝诚（以上为编委）

自报的前提下,会上确定了由 18 个研究所承担前 40 部书的今译任务,要求当年年底完成。古委会主任、丛书顾问周林同志对编委会的认真精神、紧张工作和显著效率十分赞赏,他说:"有这样一个编委会,有这样一个阵容来做选译,使中国历史文化不成为专属于少数人的知识,使能看报纸的人都读懂自己民族的名著,从而树立爱国主义、建设有民族特色的精神文明,其意义之深远将会在今后愈益显露出来。"于是,有 1000 余万字的大工程便从这里开始了。

当年年底各研究所的今译书稿经作者完成后,由在该所的编委审改,到 1987 年 5 月和 7 月,先后在复旦大学、北京大学两次召开编委审稿会。这种审稿会,说是审稿,实际上是边审边改,字斟句酌,每部书稿必须经一位编委、一位常务编委审改把关,经过这样两道工序,汇总到主编手中,40 部书稿通过了 25 部。其中部分书稿赶印了样稿征求意见。于是周林同志于 7 月 6 日在北大临湖轩邀请了在京十几位专家与正在审稿的编委一起研究样稿,探讨如何提高这套今译丛书的质量。

根据编委审稿发现的问题和在京专家们的意

见,丛书亟需在已定体例的框架中条列细则;而出版单位巴蜀书社又希望所出版的第一批书为 50 种以便形成格局,需要布置各研究所承担新的今译任务。这样,1987 年 10 月在华中师范大学再次召开了编委会,又请了詹锳、周振甫、刘乃和、郭预衡等先生到会指导。

这次编委会是在审看了 40 部书稿后,发现了一大批问题亟待解决,又是在需要布置下一步任务的状况下召开的,是一次承上启下的编委会。会议初期人们的心情和会上的气氛都带有一股子严峻与急切。会议从 5 日到 8 日开了三天半。但是在 4 日晚上开预备会的时候,主编章培恒先生尚未到会,亦无他是否已从上海出发的信息。5 日上午就要开会了,主编不到怎么行呢? 5 日一早,我们还在沉睡之中,忽听有人敲门,进来的竟是章培恒!一向风神儒雅、衣装考究的章培恒先生,此时却是一身尘灰、满脸疲惫地站在我们面前。原来他从上海出发前,未能买到机票或船票,而上海到武汉又没有直达火车,只好先从上海坐火车到长沙,为了不误 5 日上午开会,他只好买了一张无座票,夜间从长沙出发一直站到武昌。一向走路辨不清方向的章培恒竟然在夜色未退之前一人从车站摸到了华中师大专家楼,也算是奇迹。

这次编委会,从体例的具体要求、书中选篇是否合适、每篇中的提示如何写、注释的繁简和语言的通俗性,到今译的信达雅如何把握,例如李白的"床前明月光,疑是地上霜,举头望明月,低头思故乡"这样通俗的诗是否要翻译,在在都有热烈的争论。感谢编委们的努力和学术判断力,最后终于形成了一个《细则》,一切争论都统一在这个《细则》之上。编委们在思想明确、分得新的任务之后,显出了少有的轻松与喜悦。会议结束正逢中秋节,华中师大的专家楼坐落在武昌桂子山上。入夜,桂子山上举行了赏月茶会,几张方桌,围坐着全体编委和特邀到会专家。天上明月如盘,清辉洒地,眼前桂树葱茏,桂花飘香,华中师大古籍研究所的青年们活跃席间,引得王达津先生即席赋诗,刘乃和先生清唱京戏。这气氛预示着《古代文史名著选译丛书》克服了当前的困难,第一批50种书稿有如母腹中的胎儿,快要降生了。

三、华清池畔的愁云与人民大会堂的欢欣

——第一批书出版的柳暗花明

1988年10月,编委们再一次聚会,审定第一批

50 种中的最后十几部书稿、修改第二批 50 种中的大量书稿。这次审稿是在"东枕华山、西拒咸阳"的骊山脚下、华清池滨的一家招待所。这里古朴而不豪华,食宿低廉却又实惠,审稿之余,左近有风景可观,有古迹可寻,房内有 43℃的温汤沐浴,编委们平日在校教学、科研工作劳累而生活清苦,如今有这样的环境与条件,感到少有的惬意。我们作为主编觉得这也是对编委们两年来辛勤编书的一点补偿。但这种适意之感很快就被两件事所驱散。一件事是书稿的质量。几十部书稿交来,一经审看,从注译到体例完全合格的只有寥寥可数的三四部,余下的,或需小改,或需大改,或根本不合格需退回重作。另一件事是出版发行成了问题。到会的巴蜀书社副社长黄葵同志向大家通报了即将印出的 16 本书征订情况,最多的为 2000 册,且只有一种,其他的只有 800 册、600 册,甚至还有 200 余册。征订不佳,销路不畅,出书要赔钱,出版社为难,编委们又无计可施。此时哪还有心思去观赏"骊山云树郁苍苍,历尽周秦与汉唐"?也无心绪登上骊山,在烽火台前怀古。且正值"楼台八月凉"的节令,只有华清池畔秋雨飘零,秋风瑟瑟,落叶满地,不禁愁从中来。

愁则愁，还得面对现实。书稿质量不高，靠到会近20位编委十余天的逐字逐句修改，终于改定合格17部。至于出版发行问题，巴蜀书社的朋友费心经营，重新设计了封面，改进装帧，将第一批50种装成一个大礼品盒，成盒出售。从中又得到了国家新闻出版署、四川省出版局、国家教委有关司局和各省市教委的大力支持与帮助，发行面得以扩大，到了1990年下半年，首印的17000套书销售已尽，而问讯、索购者不绝，出版社决定再印30000套以供读者需要。中央领导了解到这套丛书受到读者欢迎，欣然为丛书题辞，江泽民总书记的题辞是"做好我国古代文史名著的传播普及工作，使其古为今用，以发扬爱国主义精神"，李鹏总理的题辞是"弘扬民族优秀文化，激励爱国主义精神"。李瑞环同志也为丛书题了辞。

1990年8月22日在北京人民大会堂召开了《古代文史名著选译丛书》出版座谈会。国家领导人李铁映、胡乔木、李德生、陈丕显、廖汉生、王汉斌、王光英出席，古委会主任周林同志主持会议，到会各阶层代表在发言中从不同角度肯定了这套书对促进青少年了解历史、了解国情、了解中华民族优秀传统文化、进行爱国主义教育的作用。时值盛夏,却逢喜雨,洗却了编委和出版社同志心中的忧虑,参加大会堂座谈会的 13 名常务编委会后又聚集在北京大学讨论深入认识编纂这套丛书的重大意义,研究审改好第二批书稿的具体措施。

四、从舜耕山庄耕作到乐山脚下
——第二批书稿审定之艰辛

第二批书稿 50 种 50 册,是 1987 年 10 月布置的。1988 年 10 月在西安审改合格的 17 部书稿都已放入第一批中以替换原已通过的第一批中质量较差的书稿。这样,第二批书稿当时余下的已完成的有 20 余部,却都不合格,只能要求译注者和编委再行修改。一年之后,编委会汇总来重新改好和新译注交来的第二批书稿 44 部,1989 年 10 月于济南千佛山下的舜耕山庄召开了常务编委审稿会。

这次审稿,发现的问题较多。有的选目不当,如有的史书重要人物的传不选却选入无关紧要而又无学习价值的人物传,有的名家的文章名篇不选却选入既无文学价值又无借鉴意义的篇章。有的选译所依据的底本不当,舍弃现有的精校本却用校勘不善的本子。有的虽有根据地改动正文却只在注释中说"原作……据别本改",而不指明据何本改。有的注释过繁,不利于一般读者阅读;有的注释极简,该注释的地方不注,使广大读者看了译文仍无法理解全文的精妙;而更多的是注释不准确,对一字一词增字为训而歪曲了原意的毛病也较普遍。译文问题更多,有的语义不清,佶屈聱牙,把"三顾频烦天下计,两朝开济老臣心"译为"三顾茅庐频烦为天下大计,两朝事业开济尽老臣忠心",有的为追求通俗生动把"君何往"中的"君"译为"老兄"。每篇的提示,有的写得很长变成了文章赏析,有的虽短却不中肯綮,用了类似"文革"期间的语言扣几顶大帽子了事。看这样的稿子都觉头痛,改这样的稿子更感艰难。审稿历时12天,参加审稿、当时63岁的黄永年先生向我们诉苦:"头发掉了一把!"有的编委说,千佛山古称历山,传说舜在这里开垦耕耘,十分艰辛,我们住在舜耕山庄,预示着我们为这套丛书垦荒笔耕,也要历尽千辛。这次审稿,经过审改之后,有10部书稿合格,有11部需会后再作小的修改方能通过,余下的均需作大的改动或另请人译注。

这次审稿还研究了所选戏曲部分的曲辞如何今译问题，如规定了念白中出现的诗句只注不译，上、下场诗只注不译，注而不译的文字在译文中应予保留以便参读。

到 1990 年 12 月，丛书常务编委在广州研究丛书如何体现批判继承精神、如何提高第二批书稿质量时，又有 18 部书稿完成交来。为了保证书稿质量，使 1991 年上半年召开的常务编委审稿会得以顺利进行，我们三个主编从广州匆匆赶到北京，用了一周时间审看了这 18 部书稿，通过了 7 部，11 部退改。当我们看完最后一部书稿碰头研究时，已是 12 月 31 日。在 1990 年一年内，我们仅仅通过了这 7 部书稿。加上 1989 年在舜耕山庄通过的 10 部，也仅有 17 部，尚差 33 部方足第二批的 50 部。

1991 年 5 月，常务编委来到古称嘉州的乐山市，在乐山山腰的八仙洞宾馆继续审改第二批书稿。改稿时间只有十天，要力争将 50 部推出，其繁重可知。我们在改稿过程中，不禁想到明万历年间嘉州知州袁子让的诗句"登临始觉浮生苦"，想到这套丛书从起步到这次审改已历时 5 年，当初怎么也没有想到完成这套丛书会是如此的艰辛，真是登临始觉笔耕苦啊！

这次乐山审稿，通过了 13 部书稿。好在余下的 20 部书稿只须小改即可在会后交稿，终于在 1991 年 8 月将这 20 部书稿全部改定交巴蜀书社。第二批 50 部历时近四年终于定稿了。

五、在金陵古都作光辉的一结
——第三批书稿的完成

1990 年 12 月据出版社的要求，这套丛书出齐当为 150 种，到乐山会上又修正为 110 种至 125 种，最后数字的确定根据最后一次审稿结果而定，合格的即入选，不合格的不再修改选入。根据这一共识，今年 4 月中旬，我们一部分常务编委聚集到六朝古都南京，从已经交来的 35 部书稿中选择经小改合格的书稿。经过十一天的劳作，选择、改定 33 部，由到会的常务编委、巴蜀书社的段文桂总编和编委、巴蜀书社的刘仁清副编审带回成都，将经由他们的继续辛苦而使《古代文史名著选译丛书》以 133 部、1500 万字之数呈献给热爱中华文化的读者。

这套丛书从 1986 年 5 月起步，历时整整六年，平日繁细工作不计，仅编委大小审稿会就开了 12 次之多。丛书的发起人、顾问、古委会主任周林同志先后参加了 8 次审稿会,每次都自始至终和大家在一起,听取审稿情况,了解遇到的问题;当我们遇到困难的时候他为我们鼓劲,当我们感到欣喜的时候他提醒我们不可大意。这次他又和我们一起来到虎踞龙蟠的石头城下,为我们督阵,看我们能否为这套丛书作出光辉的一结。

此时此刻,我们与这次会议的东道主、丛书常务编委、南京大学的周勋初先生漫步在中山陵旁,想到今译丛书已基本完成,自然感到如释重负,但理智却使我们不敢轻松,我们期待着全书 133 部出齐之后专家、读者的评头品足。

1992 年 4 月 26 日

(原载《中国典籍与文化)1992 年第 1 期)

古代文史名著选译丛书(修订版)总目

丛书主编:章培恒　安平秋　马樟根

书　名	译注者		审阅者		定价/元
老子注译	张玉春	金国泰	安平秋		16.00
庄子选译	马美信		章培恒		18.00
荀子选译	雪　克	王云路	董治安	许嘉璐	19.00
申鉴中论选译	张　涛	傅根清	董治安		18.00
颜氏家训选译	黄永年		许嘉璐		15.00
论语注译	孙钦善		宗福邦		28.00
孟子选译	刘聿鑫	刘晓东	黄　葵		20.00
墨子选译	刘继华		董治安		14.00
韩非子选译	刘乾先	张在义	黄　葵		19.00
新序说苑选译	曹亦冰		倪其心		25.00
论衡选译	黄中业	陈恩林	许嘉璐		22.00
管子选译	缪文远	缪　伟	董治安		18.00
列子选译	王丽萍		周勋初	倪其心	19.00
韩诗外传选译	杜泽逊	庄大钧	董治安		24.00
盐铁论选译	孙香兰	刘光胜	黄永年		13.00
诗经选译	程俊英	蒋见元	刘仁清		19.00
楚辞选译	徐建华	金舒年	金开诚		15.00
贾谊文选译	徐　超	王洲明	安平秋		17.00
司马相如文选译	费振刚	仇仲谦	安平秋		11.00
文心雕龙选译	周振甫		黄永年		17.00
庾信诗文选译	许逸民		安平秋		18.00

书　名	译注者		审阅者		定价/元
嵇康诗文选译	武秀成		倪其心		18.00
谢灵运鲍照诗选译	刘心明		周勋初		18.00
陈子昂诗文选译	王岚		周勋初	倪其心	14.00
李白诗选译	詹锳	等	章培恒		22.00
高适岑参诗选译	谢楚发		黄永年		23.00
元稹白居易诗选译	吴大逵	马秀娟	宗福邦		21.00
柳宗元诗文选译	王松龄	杨立扬	周勋初		18.00
李贺诗选译	冯浩菲	徐传武	刘仁清		20.00
杜牧诗文选译	吴鸥		黄永年		14.00
李商隐诗选译	陈永正		倪其心		19.00
唐五代词选译	亦冬		董治安		16.00
唐文粹选译	张宏生		周勋初		18.00
晚唐小品文选译	顾歆艺		平慧善		15.00
黄庭坚诗文选译	朱安群	等	倪其心		18.00
辛弃疾词选译	杨忠		刘烈茂		24.00
元好问诗选译	郑力民		宗福邦		20.00
宋四家词选译	王晓波		倪其心		16.00
黄宗羲诗文选译	平慧善	卢敦基	马樟根		15.00
吴伟业诗选译	黄永年	马雪芹	安平秋		20.00
方苞姚鼐文选译	杨荣祥		安平秋		20.00
明代散文选译	田南池		马樟根		22.00
顾炎武诗文选译	李永祜	郭成韬	刘烈茂		23.00
张衡诗文选译	张在义 韩格平	张玉春	刘仁清		16.00
汉诗选译	张永鑫	刘桂秋	金开诚		19.00

书　名	译注者		审阅者		定价/元
阮籍诗文选译	倪其心		刘仁清		15.00
三曹诗选译	殷义祥		刘仁清		22.00
诸葛亮文选译	袁钟仁		董治安		16.00
陶渊明诗文选译	谢先俊	王勋敏	平慧善		16.00
杜甫诗选译	倪其心	吴　鸥	黄永年		17.00
王维诗选译	邓安生	等	倪其心		20.00
刘禹锡诗文选译	梁守中		倪其心		20.00
孟浩然诗选译	邓安生	孙佩君	马樟根		18.00
韩愈诗文选译	黄永年		李国祥		20.00
欧阳修诗文选译	林冠群	周济夫	曾枣庄		20.00
曾巩诗文选译	祝尚书		曾枣庄		19.00
苏轼诗文选译	曾枣庄	曾　弢	章培恒		23.00
李清照诗文词选译	平慧善		马樟根		15.00
陆游诗词选译	张永鑫	刘桂秋	黄　葵		24.00
朱熹诗文选译	黄　珅		曾枣庄		20.00
文天祥诗文选译	邓碧清		曾枣庄		20.00
袁枚诗文选译	李灵年	李泽平	倪其心		20.00
王安石诗文选译	马秀娟		刘烈茂	宗福邦	18.00
二程文选译	郭　齐		曾枣庄		25.00
范成大杨万里诗词选译	朱德才	杨　燕	董治安		26.00
萨都剌诗词选译	龙德寿		曾枣庄		28.00
王阳明诗文选译	吴　格		章培恒		18.00
徐渭诗文选译	傅　杰		许嘉璐	刘仁清	17.00
李贽文选译	陈蔚松	顾志华	李国祥	曾枣庄	17.00

书　名	译注者		审阅者	定价/元
三袁诗文选译	任巧珍		董治安	17.00
王士禛诗选译	王小舒	陈广澧	黄永年	13.00
龚自珍诗文选译	朱邦蔚	关道雄	周勋初	13.00
尚书选译	李国祥 谢贵安	刘韶军 庞子朝	宗福邦	14.00
礼记选译	朱正义	林开甲	宗福邦	22.00
左传选译	陈世铙		董治安	22.00
国语选译	高振铎	刘乾先	黄　葵	22.00
战国策选译	任　重	霍旭东	李国祥	21.00
吕氏春秋选译	刘文忠		董治安	17.00
吴越春秋选译	郁　默		倪其心	19.00
史记选译	李国祥 张三夕	李长弓	安平秋	29.00
汉书选译	张世俊	任巧珍	李国祥	22.00
后汉书选译	李国祥 彭益林	杨　昶	许嘉璐	24.00
三国志选译	刘　琳		黄　葵	18.00
晋书选译	杜宝元		许嘉璐	15.00
宋书选译	漆泽邦	孔　毅	李国祥	19.00
南齐书选译	徐克谦		周勋初	18.00
北齐书选译	黄永年		安平秋	16.00
梁书选译	于　白		周勋初	17.00
陈书选译	赵　益		周勋初	17.00
南史选译	漆泽邦		安平秋	22.00
北史选译	习忠民		段文桂	20.00

4

书　名	译注者		审阅者		定价/元
周书选译	黄永年		安平秋		15.00
魏书选译	杨世文	郑　晔	周勋初		22.00
隋书选译	武秀成	赵　益	周勋初		20.00
新唐书选译	雷巧玲	李成甲	黄永年		16.00
旧唐书选译	黄永年		章培恒		16.00
新五代史选译	李国祥 姚伟钧	王玉德	周勋初		18.00
旧五代史选译	贾二强		黄永年		17.00
宋史选译	淮　沛	汤　墨	曾枣庄		20.00
辽史选译	郭　齐	吴洪泽	曾枣庄		21.00
金史选译	杨世文 李文泽	祝尚书 王晓波	曾枣庄		21.00
元史选译	樊善国	徐　梓	马樟根		25.00
明史选译	杨　昶		李国祥		20.00
清史稿选译	黄　毅		章培恒		22.00
贞观政要选译	裴汝诚	王义耀	黄永年		18.00
史通选译	侯昌吉	钱安琪	周勋初		16.00
资治通鉴选译	李　庆		黄永年		16.00
续资治通鉴选译	徐光烈		安平秋		24.00
通鉴纪事本末选译	谈蓓芳		章培恒		21.00
洛阳伽蓝记选译	韩结根		章培恒		22.00
梦溪笔谈选译	李文泽		曾枣庄		20.00
徐霞客游记选译	周晓薇	等	黄永年	马樟根	17.00
宋代笔记小说选译	朱瑞熙	程君健	金开诚等		19.00
关汉卿杂剧选译	黄仕忠		刘烈茂		24.00

书　名	译注者	审阅者	定价/元
明代文言短篇小说选译	黄　敏	章培恒	23.00
六朝志怪小说选译	肖海波　罗少卿	刘仁清	21.00
世说新语选译	柳士镇　钱南秀	周勋初	23.00
水经注选译	赵望秦　段塔丽　张艳云	许嘉璐	19.00
唐人传奇选译	周　晨	曾枣庄	24.00
唐五代笔记小说选译	严　杰	周勋初	21.00
大慈恩寺三藏法师传选译	贾二强	黄永年	18.00
宋代传奇选译	姚　松	周勋初	22.00
聊斋志异选译	刘烈茂　欧阳世昌	章培恒	22.00
阅微草堂笔记选译	黄国声	安平秋	16.00
清代文言小说选译	王火青	周勋初	23.00
历代名画记图画见闻志选译	周晓薇　赵望秦	黄永年	17.00
容斋随笔选译	罗积勇	宗福邦	20.00
唐才子传选译	张　萍　陆三强	黄永年	24.00
西厢记选译	王立言	董治安	20.00
元代散曲选译	彭久安	刘烈茂　金开诚	21.00
日知录选译	张艳云　段塔丽	黄永年	22.00
桃花扇选译	张文澍	章培恒　段文桂	15.00
牡丹亭选译	卓连营	章培恒	14.00
长生殿选译	戚海燕	董治安	20.00